U0028150

今天天氣不錯 我打算把上司幹掉

今日は天気がいいので
上司を撲殺
しようと思います

夕鷺叶
Kanoh Yusagi

丁世佳 譯

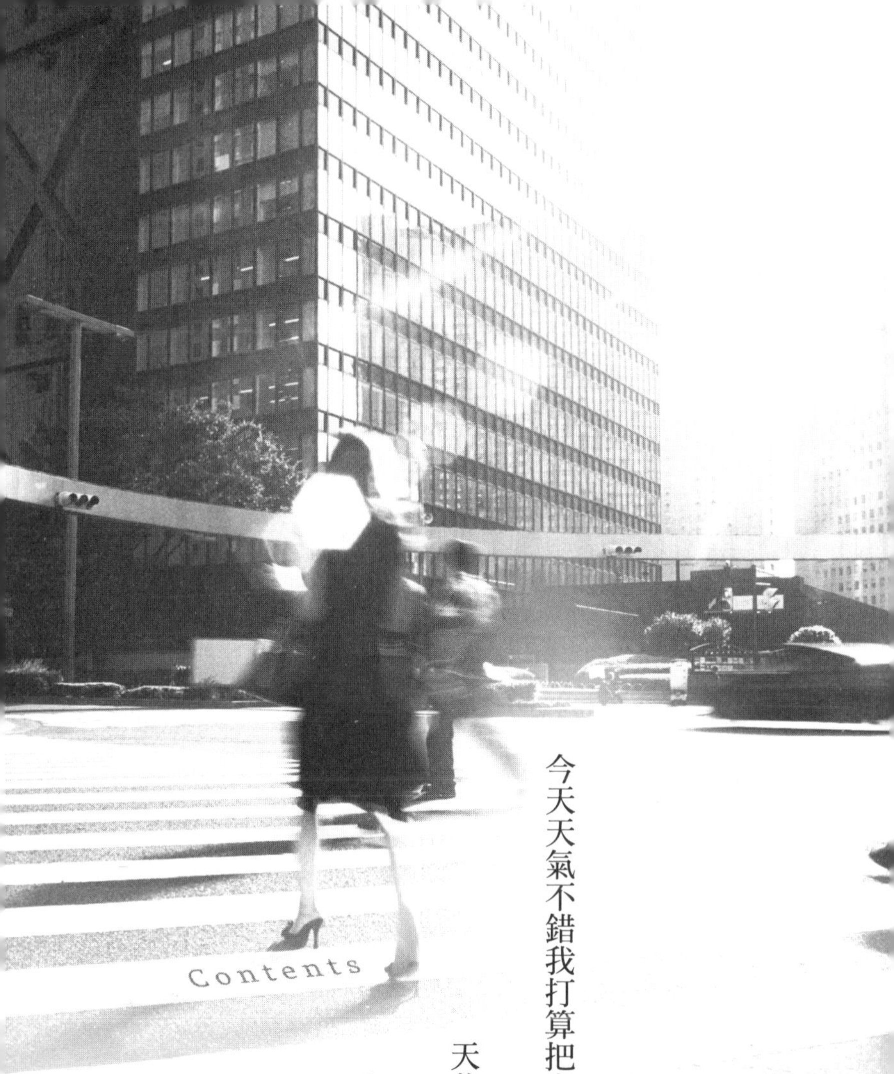

Contents

今天
天氣不錯
我打算
把上司幹掉

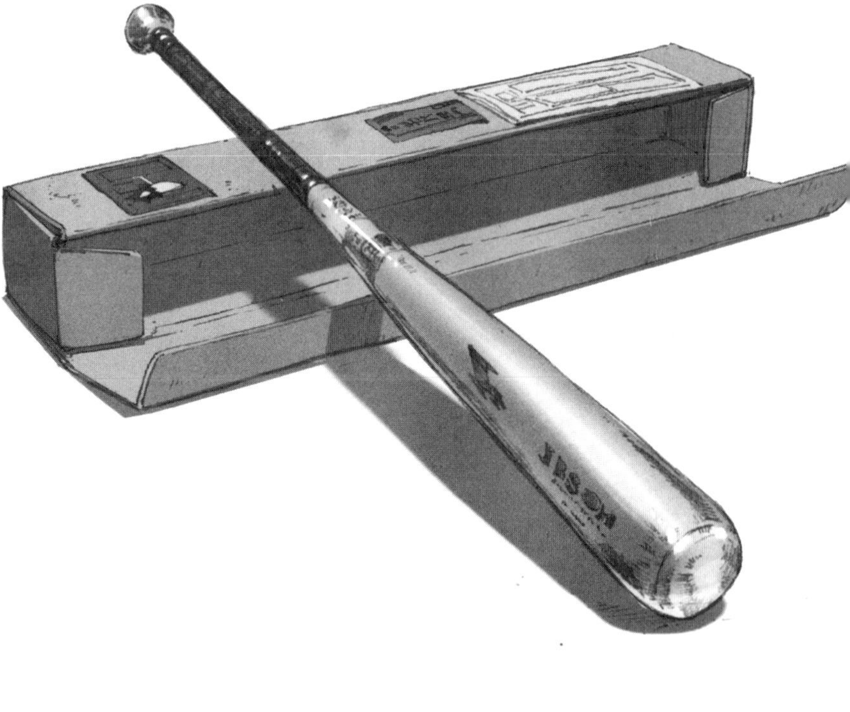

現在，要是能把這傢伙幹掉，一定很痛快吧。
一天有好幾次，瞬間我會這麼想著。
比方說，走到辦公桌旁的檔案櫃拿厚重的檔案夾時。塞滿過去資料，重量不可小覷的檔案夾，從高處落下直接擊中腦袋，假裝自己「不小心手滑了」之類的。從對方辦公桌的位置來衡量，我覺得是個很不錯的點子。
那樣的話，能不能像破掉的生雞蛋一樣，啪喳地碎成齏粉啊。估計不行吧。我既不知道人類的腦殼強度，到目前為止也從來沒有砸過。
鼠灰色的檔案櫃旁邊就是岸本組長的位置。我——加古川玲美——朝那裡瞥了一眼，輕嘆了一口氣。順便一提我不會直視的，因為那是盡量不想看見的東西。
啊，差不多了吧，我心想。
「加古川小姐，過來一下好嗎？」
——來了。
我再度嘆了一口氣，慢吞吞地從自己的座位上站起來，走向負責相同業務桌位最前面的岸本組長的位子。

岸本曉仁組長年逾不惑，但看起來卻異常年輕，簡直像是只有三十五上下而已。修長的身材，瀟灑的打扮，深灰色的西裝外套也好，用髮蠟往後梳得整整齊齊的油頭也好，討人喜歡的溫和長相也好，都會讓時下的人覺得這是個帥哥吧。但是在我眼中，他就是個翻著白眼似笑非笑的惡魔。

「這項決議案啊。能不能想點辦法，至少把資料按照順序列出來呢？」

他好像等不及我在他身後站定，就把手肘撐在桌上，支著面頰頭也不抬地這麼說。

「非常抱歉。哎，想點辦法，意思是——」

我囁囁嚅嚅，他毫不客氣地打斷我。

「根本看不清楚好吧。」

「……非常抱歉。」

「我並不是想聽妳道歉。這個，這樣做有什麼意義嗎？妳可以解釋一下嗎？」

「哎這個，要是能看一下這邊的資料，然後這個——」

「什麼？」

我結結巴巴的說明被強硬地打斷了。

「所以啊，我是說，添附的資料太多，不需要的東西太多了。妳要怎麼編排妳的資料，老實說跟我一點關係也沒有，通常寫報告的時候要考慮到閱讀者的感受吧。這不是常識嗎？所以，為什麼是這種順序？妳跟誰學的？」

我不是正在解釋嗎，是誰打斷我的啊。

第一……決議案資料的順序，並沒有任何人教我。所以我看了過去的資料，然後照著以前的例子，把該列上去的內容依照順序處理而已。

「所以……我只是照著前輩們以前決議案的方式……」

「妳直接問過什麼人嗎？」

「……沒有。」

附帶一提，「周圍大家都在忙，不要什麼事情都問前輩，自己看看業務檔案把工作解決就行了。」這可是岸本組長的口頭禪。當然這話我也忍著沒說出口。

他對著沉默不語的我哼了一聲。

「哎~？沒讓任何人檢查自己隨便做出來的東西，就交到我這裡來了嗎？」

「……是的。」

本來應該要事先問過前輩，這樣整理可以不可以才行——然而在這個大家都忙得焦頭爛額的辦公室，要是問這種基本的問題，絕對會被人白眼相待的。

但是，那些全部都是難以入耳的藉口……為什麼呢，她自己也思忖著。

組長朝這裡瞥了一眼，刻意用讓人聽見的聲音「唉～」地嘆了一口氣，聳了聳肩。

「要是新進的員工那也是沒辦法的事情，妳來已經半年了吧？要一直覺得自己是新人到什麼時候啊？這樣真的很糟糕啊。妳差不多得習慣了，我們這裡的工作很繁重的，這妳也知道吧？」

怎麼可能不知道啊。

——我昨天跟前天都沒有回家呢。

因為資料整理不完。但是大家的工作量是一樣的，也不能要求有小孩的前輩幫忙。自己三天沒洗澡的身體，都散發出動物園裡紅鶴的臭味了。

「加古川小姐是K大畢業的吧。上了不錯的大學，到底學到什麼了啊。人事部門也是，眼光這麼差勁的嗎。」

接下來就是繼續仔細挑剔我的報告啊、學歷啊、平常的工作態度等等。這種時候您最喜歡拿學歷來說事呢，我在心中回應道。

在感覺起來像是永恆的時間過後，「這讓人一點也不想看，去重做。」我徹夜整理出來的決議案被扔了回來。還乘勝追擊加上最後一根稻草：「話說在前頭，這份資料急著要喔。」

「我，知道了。」

我盡量不看他的臉點點頭。然而還是稍微瞥見了他嘲弄上揚的嘴角。

——要真的這麼緊急，就不要說那麼多諷刺的廢話，早點讓我回去工作啊。每次話都到喉嚨口了，但果然還是說不出口。畢竟無法順利完成工作，給大家添麻煩的人是我，要是還出聲反駁，那用膝蓋想也知道會得到比現在更嚴厲不知多少倍的反擊。

此外，還有另外一件事。

「加古川小姐啊，……想去旅遊企劃事業部對吧？」

在花招百出精采萬分的諷刺之後，他一定會加上這一句毀滅咒語。

我慢吞吞地跟他道了歉，轉身要回自己位子上的時候，果然他意味深長地放了這招致命的殺手鐧。這就是我絕對不能忤逆他的最大理由。

「那邊啊~是我們公司菁英中的菁英才進得去的，最頂尖的部門喔。下次要是人事部來要我們這裡推薦，那就真的只能找真的有工作能力的人才行喔。明白嗎？」

——嗯，我當然明白喔。

這不是理所當然的嗎。

因為您已經說過不知道多少次，我耳朵都生繭了說。就是因為明白，所以才無法反駁不是嗎。

您才是因為心知肚明，所以才故意這樣的。隨心所欲拿我當沙袋練手。睜著眼睛說瞎話呢，組長。

我的腦袋裡充滿了想說的話。然而卻連一點聲音也沒有發出來，只能緊咬著嘴唇，連血都咬出來了。

「非常、抱歉……」

到頭來，我也只能反覆同樣的道歉。

真是悲慘、丟臉到家、要是有個地洞簡直想鑽進去。

然而——

為什麼工作這麼不順利呢？還是我自己的問題吧。這種自我懲罰的煩惱階段早就已經過去了，現在心中只有對這個男人的殺意。

像這樣在其他同事面前被公開處刑，我已經習慣了。

這麼說來，大家不可能沒聽到，他們心裡是怎麼想的呢？是不是覺得真是蠢啊，連這點事情都幹不來呢？還是會多少覺得我有一點點可憐呢？

搞不好，根本沒有任何感覺也說不定。

我稍微舉目張望，他們全都裝出埋頭忙著自己工作的樣子。

我看見就在旁邊，極力低頭避免望向這裡的小林先生頭頂的髮旋。他三十五歲左右，正值壯年，太太是家庭主婦，還有一個剛滿一歲的可愛小孩。桌上放著家人合照的小林先生低著頭弓著背，渾身都散發出不想捲入無謂的是非，不想跟我扯上任何關係，那種不言而喻的氛圍。

和岸本組長同期且年齡相仿，平日相處十分輕鬆，最近還因為正在相親常被捉弄而苦笑的井坂先生，他當然也不想破壞跟組長的關係吧。於是他刻意低著頭站起來，一面看著手上的文件一面走向影印機。

……沒有跟任何人目光相接。

啊啊，又來了。他們通常都只有這種程度的感想吧。這幾乎是每天必定上演的固定戲碼。

我們的工作流程線，只有四個人。四張桌子拼在一起的小島，我們要算是島民的話，那島主就是組長。其他的島民是怎麼樣跟島主相處的呢，這我已經完全不明白了。

我走過面無表情對著電腦默默做自己工作的同事們身邊，回到我的座位上。

——非常抱歉啊。

空洞的道歉。簡直像是自己身上裝了只能說這句話的程式，變成了機器人一樣。

沒人伸出援手，也是沒辦法的事情。這我也早就知道了。

為什麼呢？因為島主的決定是絕對的。

只有三人的島民，繼我之後誰會被孤立呢？離開這個小島之後，會被流放到哪裡去呢？

因為所有人的命運，都掌握在島主的手裡啊。

＊

我的公司是一家還算有名氣的旅行社。去年，也就是我大學四年級的夏天——跟以前嚴酷的就業環境比起來雖然說稍微緩和了一點，但應徵這家公司管理基層正式員工的大學畢業生仍舊多如過江之鯽。

「說錄取率不到百分之一……而且跟其他好幾家可能去的公司面試的日子重疊，只去那裡你會不會覺得我太冒險了？」

在找工作的那段時間裡，我感到不安和男朋友商量，他笑著說：「沒事的。」

「玲美一定沒問題。妳很適合那裡的工作不是嗎？因為玲美妳喜歡旅行。等妳去那裡上班，就可以替我安排旅遊計畫啦。」

我跟男朋友從高中就開始交往了，那個時候他已經內定了要去殷實的鐵路公司上班，所以心裡很踏實吧。我本來以為他會稍微替我擔心一下，結果是我賭贏了。

我喜歡旅行，也喜歡介紹自己喜歡的地方。

要是能從事安排某個人的特別時刻那樣的工作的話——我一直是這麼想的，因此對我而言這家公司非常理想。獲得內定錄取通知時，我簡直高興得跟上天了一樣。

情況改變是在入社儀式和新人研修結束，分配所屬部門決定之後不久。

我被分配到製作公司宣傳網頁的工作單位。當然不是我一直想去的旅遊企劃部門。

但是我也沒冀望剛進公司就能進入想去的單位，而且我是個剛畢業的大學生，怎麼可能一下子就派到最菁英的旅遊企劃部門呢。

我是這麼想的。我以為總有一天能夠被派到自己想去的地方。

要是在現在的崗位上努力，或許有一天就能去想去的部門。那樣就可以做我一直想做的旅遊企劃了。

——更有甚者。

「這裡啊，是龍門喔。」

第一次見面的時候，組長跟我自我介紹：「我是妳的直屬上司，岸本曉仁。」的時候說的話。

「怎麼說呢，這個單位不是誰都可以來的。只有歷練之後，能夠進入菁英部門工作的新進社員才派到這裡觀察。普通的社員一開始都在營業櫃檯或是客服中心之類的地方接待客人。加古川小姐能到這裡來，表示公司對妳抱著期待。」

「真的嗎？」

我喜不自勝。

「當然。」他深深點頭。

「而且加古川小姐是K大畢業的，真是厲害啊。人事部門也很期待吧。看妳能不能成為我們這裡的頭牌呢！」

他說，妳要有自信喔。他單眼眨了一下，微笑的樣子簡直爽朗又和愛可親得令人心動。我還傻傻地以為：「這麼英俊的人是我第一個上司，真是太幸運了啊。」當時他好像真的有這麼帥氣……的樣子。

他最後還這麼說：

「對了對了，我們這裡的工作，不會因為新人而有差別待遇。不如說我們想聽到各種不同的自由意見，所以在開會的時候一定要積極地發言喔。」

過了不久，覺得我跟組長好像有點……合不來的瞬間越來越多，而且這種感覺應該是互相的。

要是說有其他介意的地方，就是大家一起喝酒的時候，都會有人說：「妳是K大法律系的？那裡是什麼感覺？」「很難得看到K大畢業的人啊，哎喲～嚇到我了。」總是這種跟母校相關的話題，我實在不喜歡。但跟不是同輩的人可能也沒有什麼其他的話題可說也未可知……我盡量努力讓自己不去介意。

就這樣最初的第一個月，就在熟悉前任交接的業務中眼花繚亂地過去了。每天晚上都加班到搭最後一班電車回家的地步，即便如此也感到非常充實。

稍微習慣了之後，我開始覺得想做一點不一樣的事情。

我以前從來沒有接觸過製作網頁，知識還遠遠不足，但看著以馬爾地夫跟大溪地的蔚藍海洋為背景的公司主頁，我腦中浮現了許多的主意。

比方說，打開官方網頁的時候，海面上的沖浪板、露出背鰭的海豚都會慢慢移動；同時還播放輕快的南國音樂之類的。

網站首頁的變動跟公司的利益沒有直接的關係，是不是應該不要多嘴呢……我確實猶豫過。但是，用戶的意見調查表不時會有人反映「首頁很難用」、「既然設了首頁，希望能看起來更有旅行的氣氛，更時髦一點。」既然如此應該還是更新比較好吧；分明同事們也都看得到意見調查結果的，但是開會的時候，卻從來沒有人提起過。

我買了好多本給初學者看的網頁設計書籍，犧牲睡眠時間學習，跟男朋友相處的休假日也減少了，但我一心只想找出現在自己能做的事情。雖然學習做企劃案壓縮了私人的自由時間，但每次每次只要讓想像力馳騁就覺得非常雀躍。

「我想更新一下公司的網站首頁。」

有一天在開會的時候，我終於說出了自己心裡的想法。

那天所有需要討論的議題都順利解決，只要報告自己工作的情況就可以了。我們的業務流程會議總是平靜無波地結束。我一直在等最後組長說：「還有誰有話要說嗎？」的那個瞬間。

「比方說，現在首頁大溪地的圖片上，一打開是旅遊目的地和日程導航連結。用電腦打開網頁的話很好用，但是用手機看起來就有很多不方便的地方。……所以，應該盡快把首頁改成適合手機使用，順便像動畫的主頁一樣，先播放一下宣傳影片之類的，看起來也會更有意思吧……」

要是，這個企劃案通過的話。

我一心只希望夢想快點實現，劈哩啪啦地說了一堆意見——現在回想起來，我那個時候心裡想的並非「要是」，而是「通過的話」吧。

我甚至印出了企劃案給所有人。我想快點讓上司答應，開始進行工作。因為有很多必須準備的事前作業。聯繫網頁設計業者。主頁畫面的風景照跟影片……

「那個啊。」

我幹勁十足的說明被某個聲音潑了一頭冷水。

我戰戰兢兢地抬眼望去，岸本組長正以不屑的眼神看著這邊。

「妳是新人吧？」

「……是、是的。」

「那種事情，不用管了。提跟公司直接利益相關的企劃也不用了。大家都很忙的。」

那麼就，解散。

組長一句話就讓會議結束了。組長和同事都非常自然地起身要走，我不知如何是好。

「哎……但是，有很多客戶意見調查——」

「那個！……不好意思加古川小姐，過來一下，可以嗎？」

我雖然不知所措，但仍舊不肯放棄想繼續解釋；坐在我旁邊的井坂先生臉上帶著複雜的笑容，拍了拍我的肩膀。

他在走廊上對我招手要我過去，確認四下無人，才輕聲跟我說：「那個話題，很糟糕喔。」

「咦？」

「真是的。妳說要更新的那個主頁，是岸本組長剛剛進入公司的時候，非常辛苦地設計出來的精心傑作喔。所以那個，怎麼說呢。剛才妳提的那些，有點……」

「這、這樣啊？！」

沒想到，自己在開會的時候，當著大家的面給上司難看。發現自己才剛進公司就犯下這種不可饒恕的大錯，讓我臉色鐵青。

「怎、怎麼辦啊。我、我去道歉，去跟組長道歉。」

「不行不行不行，等一下。萬萬不可。」

我急忙想回到座位上，井坂先生更加慌張地拉住我。

「妳動動腦筋啊。去道歉是什麼意思啊。『你製作的網頁已經過時了，老土又很難用；我罵了你的作品真對不起！但是客戶大家都這麼說，所以我也實話實說了，請原諒我。』道歉不就是這樣變本加厲落井下石嗎，只會讓情況更糟的。」

「但是——」

「加古川小姐光是從K大畢業，就夠讓組長盯上了。」

「……哎？」

被盯上？組長盯上我？

這是怎麼回事啊？我眨了眨眼睛。然而井坂先生好像發現自己多嘴了。他抓了一下腦袋，遲疑了一會兒之後說：「我跟岸本組長是同期的，所以我知道。」他說明了一下背景。

「那個人啊，當年想要考上妳的K大法律系，拚命用功甚至還重考，但還是沒有考上。他雖然自己放話說不在乎，但如果真的不在乎的話，就根本不會提了啊……」

原來如此……我完全，沒有發覺。

雖然確實感到常常因為是K大畢業而被誇讚。

我對自己的遲鈍無話可說。我不知該如何反應，陷入沉默。井坂先生好像有點焦急般地解釋道：

「抱歉抱歉，我說了奇怪的事情。關於工作方面，當然加古川小姐說得並沒有錯，我們真的也都對意見調查表視而不見，但這是沒辦法的。還是假裝什麼事都沒發生回到座位上去比較好。這種事隨著時間過去就好了。組長也是成年人了。剛才有點不高興，但很快就會忘記的啦。」

「好……好的。謝謝您。」

確實冷靜想想也只能這樣做了，我對井坂先生低頭道謝，回到自己的位子上。

但是，——從結論看來，這件事成了導火線。

組長對我的態度，從開會的那一天起突然就變了。

……具體地說，就是明顯地強迫我過度工作。

並不單純地只是工作量的問題。之前很容易就過關的工作，要求重做的次數多得不自然，要是有突發事件，一定由我負責處理。我下班的時間越來越晚，終於連最後一班電車都搭不上，在公司過夜了。昨天我沒有回家，前天也沒有。

——這樣的情況持續發生。

「工作太多處理不過來？……我說，加古川小姐，妳已經進入社會了吧？撒嬌有效只到大學為止。這樣的工作誰都做得來吧？其他人比妳更忙，因為妳的任性給大家添更多的麻煩可不行啊。這是因為大家都很優秀，都能準時把該做的事情做完。之前妳因為是新人，已經特別照顧少分派工作給妳了。也差不多該讓妳負擔跟其他人一樣的工作量了。」

我鼓起勇氣，跟岸本組長說：「工作是不是有點太多了。」的時候，他這樣輕而易舉地打發了我。

……真的嗎？是這樣嗎？是因為我太嬌氣？

我的確有還不習慣工作的自覺，被人冷冰冰地對待，就會失去自信。所以那個時候，組長話裡隱含的惡毒意味，我以為是自己多心了，就沒有留意。這下就糟了。

與他為敵，無論是閃躲、反抗，或是懷柔，總之我的經驗和機智都差太多了。轉瞬間我就沒有了退路，不知什麼時候，我完全無法反抗。各種無理的要求，都理所當然地要我承受。

啊，是我搞錯了吧。現在我這麼覺得。

比方說，不要突然在開會的時候發言，想企劃是可以，但事先跟組長請示一下會不會比較好呢？

比方說，先跟同事們討論一下，看有沒有人願意幫忙，然後再研究企劃案呢？

話說得不對。做事的順序不對。

各種錯誤累積起來，所以是我自作自受。

我是不是，實在——缺乏常識呢？

我花了整整一個月想出來的首頁企劃，不僅沒有機會說完，恐怕是要永久被冷凍了。

——不會因為新人而有差別待遇。

我非常珍而重之地相信的金句格言，只不過是偽善的空頭人情而已。我還以為自己是聚光燈的焦點，而事實上我連照明器具都算不上。

我察覺得實在太遲了。

在那之後就像是滾石下山，我的工作完全無法完成。

「加古川小姐，連這種事情都不知道？」

這是岸本組長的口頭禪。先是輕微地嘲笑。然後一定會接著說：「這不是常識嗎？」

本來我就不時會覺得跟他有觀念不合的地方。他應該也跟我有同樣的感覺吧。然後因為那件事而終於決裂了。

「算了算了。把希望放在妳身上完全是白搭。唉～……K大的法律系也不過就這樣嗎？這麼說來，我也曾經以為妳值得期待呢。」

只不過，對方是島主，我只是平凡的島民。沒有任何的決定權。

然後這個叫做岸本曉仁的傢伙，工作能力真的非常強。而且島上哪個桌位的工作進度延遲了，進行到哪個地步，他都掌握得非常清楚。

不僅如此，他對公司的忠誠熱愛非常強烈——或許有點扭曲也未可知——關於本公司的業績和歷史、現況等等，全部都瞭若指掌。最棘手的就是，他要求部下要有跟他完全一樣的精神、知識、技術和經驗。

我們並沒有同樣的熱情。

不管是質、量還是方式，一切都不能有一丁點不一樣。他要求大家要完全遵循他的思考行事。

「妳啊，好像對行銷企劃很感興趣，那妳對我們公司有多少瞭解？」

我想起散會之後，他因為別的事情跟我說的話。

「在提出這個案子之前，妳調查過那個嗎？啊，調查過了啊。那其他妳還做了什麼？嗯，然後呢？還有呢？然後？啊～……就蒐集了這麼一點淺顯的情報，就在電腦上打了這種沒內容的提案拿到我這裡來嗎？加古川小姐啊，我知道妳總是花了很長的時間，好像努力在做什麼事情一樣，但白費功夫的努力完全沒用啊。妳就不能稍微改進一下努力的方向嗎？」

對不起，因為我不是您，所以我不明白您說的是什麼意思。

要是能這樣說出來該有多輕鬆啊。

但是，現實只停留在「對不起」這一句。之後只能低下頭，閃躲一直死盯著這裡的病態三白眼視線。

跟他說話，會讓我覺得自己像是面對著海鷗的蛤蜊一樣。彼此都覺得對方很礙眼，然而排除這種情況的權利只握在對方手裡。銳利的尖喙和爪子，都只有掠食者才有。我只能默默地躲在貝殼裡，一面懷抱著外殼不知何時會破的恐懼，一面忍耐來自外界的攻擊。

話雖如此，想要越級往上求助，那也十分困難。

「哇，上次拜託的那個企劃案的特別網頁，已經做好了啊。果然拜託岸本君就沒錯呢！」

我細細回想著與組長間的種種過往，像是要打斷我的思緒一般，離我稍微有點距離的組長座位那邊傳來愉快的交談聲。我停下了敲打鍵盤的雙手。三個人的聲音。其中兩人是我們部門的，課長和部長吧。

那個「——啊，那個網頁啊，」我不知怎地心領神會。

那是負責招人的部門，突然提出三天之內要做好新網頁的無理要求，而我不眠不休睡在公司趕出來的。

「啊哈哈，想到這對課長非常重要，就拚命做出來啦！要是有什麼不完善的地方，請不要客氣隨時告訴我。不管是什麼都可以立刻修正的。」

岸本組長帶著有點不好意思的笑容說道。

說得比唱得還好聽啊，我咬緊了牙關。

那個「不管是什麼都可以立刻修正的」人，可是我啊。你只要發號施令，然後就可以回家了好嘛。

「哎喲哎喲，還是這麼謙虛啊。以後有什麼事還是要麻煩岸本君喔。」

「任憑吩咐。交給我就好了。」

我聽到這裡，不由得「唉」地嘆了一口氣。

圓滑的對應，加上充滿愛社精神的工作態度。部長和課長都早已成為岸本教的忠實信徒。就算實際上製作網頁的工作人員是我，事實上流血流淚拚命工作的是我，他們也毫不在乎。一切都是岸本組長的功勞。

領導部下是上司的責任。也就是說，部下的業績就是上司的業績。我們單位工作進行得順利，就是他領導有方。

這我很清楚。

所以我沒有受到任何安慰表揚，工作績效全部都不存在，我也沒有任何抗議的權利。當然沒有。

理所當然。這都是常識。

「岸本君真的是我們部門的菁英。下一個升課長的，我打算推薦你喔，萬事拜託啦！」

「感謝您！」

他們還在聊。要是先塞上耳塞就好了，我這麼想著。

話雖如此，但喜歡岸本組長的，不只是上級而已。

「哎喲，岸本組長，這張照片真是太帥了啊。」

冷不防聽到輕快的話聲，我停下了手上的工作。我們辦公室這一塊地方，還有其他負責其他業務的好幾個小島。除了我們的小島之外，其他人好像都相處融洽，我後面常常傳來愉快的聊天聲。

「好棒喔～，海景好漂亮！這是哪裡，哎，沖繩嗎？什麼時候去的啊？」

這個聲音，是西野小姐吧。皮膚很白很可愛的我的同期。我們是同一所大學的，但她是經濟系畢業；無論是仔細用燙髮鉗捲過的咖啡色鬈髮、精緻的眼妝還是跟上潮流的服飾，都充滿了像是時尚雜誌裡跑出來的華麗氛圍。要是靠近的話，大概會有玫瑰類的香體皂氣息錯不了。就算錯了，人家身上也不會有三天沒洗澡的紅鶴臭味吧。

我們的小島位於不靠窗的牆壁旁邊，本來就比較陰暗，再加上同事間並不聊天，跟別人大相逕庭。我一面覺得耀眼羨慕，一面豎起耳朵來聽她們聊天。

「這是幾歲的時候啊？」

說話的對象好像就是岸本組長本人。啊，果然不在位子上，我斜斜瞥向他的空位。看來是去跟別的單位討論工作，順便聊天。

「大概五年以前吧？」

「咦～！騙人，完全沒有變啊。從以前就是帥哥呢～！哎喲，跟那個誰很像啊。現在最熱門的電視劇裡的那個人。」

「這太常聽人說了。」

要是沒有抬起頭就好了。看見哈哈笑著的岸本組長，我手上拿著的筆，尖端陷入了便利貼裡。你可真閒啊，有夠大牌的，我心中暗罵。

什麼變不變的，也不過五年能老到哪裡去啊。當年怎樣不知道，現在可一點也不像那個電視劇裡的男演員。乍看之下好像時髦完美，其實並沒有勝過歲月的摧殘，肚子已經抵在西裝外套內側了，微笑的時候露出被菸燻黃的牙齒。要是美白牙膏沒用的話，乾脆塗上白色油漆得了，實在難看。

……這麼說來，自從上班之後，就很少能在電視劇播出的時段待在家裡了。

我一面反省自己不懷好意的想法，一面重拾工作。可能是因為我太久沒睡覺了吧。感覺渾渾噩噩，腦子裡只有討厭的念頭。

我把寫完的便利貼撕開。我的辦公桌上到處都貼著待辦事項的各色便利貼，簡直像是在玩百人一首一樣。事情辦完之後才把便利貼拿下來，然而便利貼增加的速度遠比減少的速度要快。我為了分散注意力，劈哩啪啦地修改網站首頁的程式代碼，然而卻突然聽到組長的聲音。

「西野小姐工作效率這麼高，真的幫了我們很大的忙。妳很細心啊。分明進入公司才一年不到。妳要是在我們小組就好啦」。

「哎，沒有啦～！」

他刻意提高的聲音，讓我突然停下了打鍵盤的手。

……同樣是進入公司才一年不到，工作效率很差真是對不起啊。

「真的真的，不是，能準時下班也是一種才能啊。總是加班的話，只是浪費公司的資源和水電費而已。光是留下來，就已經對公司的財務狀況造成了不可小覷的壓力啊，是吧？」

「哎喲，怎麼這樣啦。」

我可沒有空閒搭理他。

今天一定要把事情做完回家才行。要是再不洗澡，就要變成比紅鶴還嚇人的氣味散發體了。

其實，我雖然打卡下班的時間很晚，但紀錄上一直都是以私人的名義留在公司，也就是說都是自願的，並不算正式的加班。

這種情況，組長當然知道得很清楚。

只不過裝出一無所知的樣子而已。

想到這裡我覺得簡直無法忍耐，死死地盯著電腦螢幕。

上面排列著的專門用語，都是我自從上班之後拚死記住的。我拚命地問認識不久的系統工程師和網站設計師問題，做筆記，但是程度完全趕不上。我的手掌內側都變黑了，筆記不知花費了多少本。

其實，我非常討厭製作網頁的工作。

我為什麼在做這種事情呢？但是，要是想去旅遊企劃部門的話。這種事情，現在……就要盡量努力。所以……

這麼說來，「非常抱歉，我不知道。」我這麼說的時候，組長總是驚訝地把一邊眉毛往上挑。

——「不知道？那怎麼不看一下妳拿手的筆記呢？妳不是總是成天都在做筆記嗎？還是那只是裝成在努力的樣子？」

回想起他譏笑地這麼說的瞬間，我感覺肚子裡像岩漿一樣火熱起來。視線，開始模糊。

腦子發疼，髮際開始滲汗。

這一切的一切，一定都是因為沒有睡覺的緣故。

——分明我不努力不行的啊。

要是不自己奮力撐住的話，是絕對不會有人拉我一把的。

我本來應該記住的專門用語，不知從何時開始，不管怎麼看都化成了一堆不知所云混亂詭異的文字。

＊

那天晚上，時隔三日我終於回到自己家，搖搖晃晃地撲在床上。砰，我沒卸妝的臉倒在亮橘色枕頭套上，床上鋪著搭配的萊姆綠底大紅花床單。

這些都是開始上班之後，為了迎接人生第一次自己生活而買下的心愛之物，但不知何時開始，連床單枕頭套都很少洗了。非常遺憾，紅鶴就這樣撲上去沒多少罪惡感，也算是久未洗滌的功勞吧。

「啊，床鋪啊……」

我試著發出聲音。說出來之後，果然有回家了的實感，我嘆了一口氣。

我慢慢抬起手臂看手錶。今天設法趕上了最後一班電車——所以現在還只是凌晨一點。太好了。但是，明天得早上七點就到公司，要不然累積的報告做不完。

只要能回家，就好。

床單上遍布的紅花，映著我缺乏日曬的青白手指，我手上還抓著白色的塑膠袋。

袋子裡是便利商店賣的熱炸雞塊，和密封袋裝的濃湯。炸雞塊的口味每次都不同，那是我每天小小的——其實應該說是唯一的樂趣。此外就是濃湯和果菜汁輪流吃，多少算是補充了營養……至少我是這麼想的。

更有甚者，塑膠袋前方的流理台上，還有我打算自炊時意氣風發地買下的新鍋，床邊的窗台上則放著花架，本來打算當家庭菜圃的小番茄已經只剩下枯萎殘骸。枕頭旁邊則雜亂地堆著書本和各種目錄。而且房間裡還有營養飲料的空瓶，因為我喝得太多了，在等待丟垃圾的日子期間，不知不覺就像保齡球瓶一樣堆積如山。

單身女性並不是都這樣過日子的。應該是我現在生活的方式有問題。

真的……到底是怎麼變成現在這樣的呢？

分明累得要命，但卻清醒得很，真是奇怪。然而腦袋卻好像是掉了螺絲一樣穩不住，地板彷彿在船上似地搖搖晃晃。然而最糟糕的是，身體狀況分明已經這樣了，腦子卻事不干己般地想著：「壓力已經影響到內耳了吧？」

……到底是從什麼時候開始，變成這樣的呢？

進了嚮往的公司工作，而且還終於自己一個人住了，這是大學時都沒達成的願望。

這麼說來，有多久沒跟男朋友見面了啊？不知道從什麼時候開始的。「最近還好嗎？」他發來的這種平淡訊息本來應該可以安慰我的，然而我卻覺得他不知人間疾苦，覺得他不貼心。

「工作如何啊？妳說加班很多，身體撐得住嗎？沒事吧？」

「好想妳啊。玲美，妳還好嗎？我們好久沒見面了啊。」

「妳能抽出一點時間來嗎？這個週末怎麼樣？我們太久沒見面了，真的好難過啊。」

他每天都傳的簡訊，內容慢慢開始哀怨起來……但是我沒有精神和力氣，回覆的次數漸漸減少了。這樣一來，他傳來的簡訊內容更加迫切，然後最近突然完全斷絕了。

其實應該說，我根本沒有餘力想他的事。

要是能夠工作和私生活都非常充實，活出自己的樣子。以前這是我夢想的生活，然而現在重新描繪時，腦海中一定會出現組長的面孔，然後夢想就像被黑板板擦擦過一樣漸漸消失了。

然後，似笑非笑地開口道：

——妳啊，是新人吧。那種事情，就不必了。

啊啊，在自己家裡還想到工作。這簡直是詛咒吧。嘆息哽在喉間，彷彿吐也吐不出來一樣倒流回去。

我想轉換一下心情，拿出手機打開通訊軟體上跟男朋友的聊天室，最後的對話已經是三個多星期前的事了。而且最後聊的是「我們公司附近，據說有一個非常靈驗可以切斷緣分的神社。那裡掛著的繪馬上寫的內容都非常嚇人」這種無關緊要的話題。

我應該擺脫這種鬱悶的心情，「好了，」我獨自一人在房間裡給自己打氣，輸入：「你好嗎？這個星期，有時間的話要不要碰個面呢？」給他。我覺得好像有點冷淡，就又加了一句：「辛苦啦。」還附上流行的兔子貼圖。

我仍舊非常清醒。

——有個非常靈驗可以切斷緣分的神社，那裡掛著的繪馬……

我腦中突然浮現剛剛看過的男友留言。

那個神社是內行人都知道的能量力場，連我都從對占卜和靈力能量之類的訊息有興趣的朋友那裡聽說過。

她說，那裡的由來是「一個跟男人立誓永結同心，來世也不分離的女人，在殉情的時候遭到背叛，自己死了男人卻活了下來，因此她的怨念縈繞不去……」因此神社特別強調女性的感情訴求，從戀愛到工作和健康方面，總之只要跟緣分有關的事情，前來祈求都可以有效地斷絕。

我想也不想手指就自己動作，在網頁上搜尋了神社的名字。我觸碰手機的螢幕，咚地按下搜索的圖標。陰暗的室內，液晶螢幕的光線十分刺眼。

「哇，好厲害。」

我不由得出聲叫起來。

——一開始出現的畫面，是在那個神社拍攝的繪馬照片。該怎麼說呢？掛著的都是專用的框，還是掛軸似的東西。樸素的白木片上，寫著的內容都非常激烈。當然，書寫者和被寫對象的個人資訊都打上了馬賽克，看不清楚寫了什麼。

「……，希望他立刻跟老婆分手，成為我的人。請把那個人給我。請把那個人給我。不是那個人就不行。」

「變成了黏人的跟蹤狂……讓他離我遠點。無論是什麼方式都沒關係，殺掉他也無所謂。」

「我最寶貝最寶貝的兒子被車撞死了，凶手卻厚顏無恥地繼續活著，請把住在……的……用世界上最殘暴的方式殺掉。只要那傢伙還活著，我晚上就睡不著覺。住在……的……，請現在立刻殺掉他。拜託了。」

最後這一條，從畫面上可以看到附近有三枚筆跡相同，內容也一模一樣的繪馬。

跟內容完全不相符的可愛的圓圓字體，很有特色讓人一見難忘，一定是女性……也就是失去兒子的母親。當然全部都是親筆手寫的。——應該來了好幾次吧。

要是孩子被殺害的話，……確實做母親的會充滿恨意吧。我心想不管以什麼形式，要是能讓寫這些繪馬的媽媽心情好起來就好了。我滑動著畫面，突然看見一行文字。

「……公司用職權騷擾屬下的上司……，請把他調走。我這樣下去不知道會變成什麼樣子。請讓那個男人從我面前消失。」

「啊哈，……」

沒人的房間裡，響起奇怪的笑聲。

——讓那個男人，從我面前消失啊。

原來如此。有人的想法跟我一模一樣呢。想也是吧。到處都有濫用職權的上司，有多少濫用職權的上司，就有多少被欺壓的下屬。理所當然。

但是，這個人很溫和啊。

調走？轉職？這不是那個男人為了在工作上飛黃騰達，讓自己更加幸福而會自動自發去做的事嗎？

也就是說，那個不知身在何方，讓跟我同樣遭遇的人痛苦的傢伙，就算祈禱應驗了，那傢伙也能在祈願者不知道的地方，完全沒遭到任何報應繼續沒事人似地生活下去。這樣的話，只是讓別地方的不知什麼人繼續受同樣的苦而已。

這跟有沒有自覺完全無關。

可以縱容這樣的事情嗎？

要是我的話，一定。

「祈求把那人殺掉吧……」

毋寧說，——讓我親手殺掉那個人吧。

「開玩笑的啦。」

我縮在被窩裡自言自語時，手機「叮」地響了一聲，這是收到新訊息的通知音。

是他傳來的。剛才我說了好久不見，要不要約一下碰個面，他回信了吧。

下週六打算自動去加班，但至少星期日得空出來。

雖然有點自私自利，但我還是有點興奮地點開了通訊軟體綠色的圖標。然而接下來出現的訊息，讓我睜大了眼睛。

「對不起，我已經受不了了。」

一直無法見面的日子太難受了。總是工作優先，覺得自己的存在毫無意義了吧。

「已經沒辦法了。所以，我們分手吧。」

他的訊息非常簡潔。

平常他還算是話多囉唆的人，所以對他而言，「受不了了」也就是已經到了「沒辦法了」的地步，現在特別有實感。

「什麼啊這是。」

我不由得又出聲了。

我們從高中就開始交往，已經過了六個年頭，心想總有一天要結婚的。

他一直跟我很合得來，為人靦腆，笑起來恰到好處微微下垂的眼角我很喜歡。

但是，竟然這麼簡單就結束了。

……這算，什麼啊？

我很想回他訊息，但腦袋一片空白。結果什麼字也沒打，就這樣關掉了手機電源。

至少也見個面，要不就打電話說啊。

雖然心裡這麼想，但不管是打電話還是發訊息，總歸是要分手的，其實也沒多大差別。能夠這樣不帶感情地分析，顯然我已經疲累到什麼都不願意多想的地步了。

總之，要是讓我說一句的話。

神明啊，

要斬斷的緣分不是這個啊。

＊

——昨天晚上，交往六年的男朋友發了一通訊息，就把我甩了。

凌晨兩點多，我也沒辦法跟朋友訴苦，結果我沒辦法睡著，一晚上沒闔眼，就這樣迎來了早晨。透過窗簾照進來的陽光好刺眼。

對。不管是不是跟男朋友分手，不管是不是徹夜未眠，早晨都會平等地到來。早晨到來的意思就是，到頭來非得去上班不可。

這種時候，工作忙碌沒法想別的可能比較好也說不定。因為要是有空閒的話，一定會胡思亂想的。

「那個，是岸本組長吧？請不要老是把室內空調的溫度調得太低啊。好冷喔。這也太不環保了吧～？」

「有什麼關係，能源是無限的。」

「哎～說的什麼話啊。人家本來就體質偏寒呢……饒了我吧。」

一大清早跟昨天一樣，我面對著電腦，聽到西野小姐和組長的閒聊從背後傳來。

「啊，對了對了，我傳了郵件，西野小姐看了嗎？」

「邀我去喝酒是嗎？我看到了啦，但是這個星期我和朋友有約了，每天回家都很晚，可能有點難呢。」

「我可以去妳家喝啊？西野小姐是自己一個人住在N區吧？」

「……哎～？到我家嗎？我家啊～，……那個，都沒打掃見不得人啦。」

「說是這麼說，其實家裡整理得很乾淨吧？隨時有男人去都沒問題的，妳一定是那種隨時都能應付各種狀況的女孩子吧～。妳男朋友不在的時候就可以啦。最近妳不是還在社交網站貼過自己做的菜嗎？」

「哇，好厲害～！你看了我的網頁啊！感謝感謝。」

四大皆空。我也不在這裡。

我一心只想著這個念頭，手一面咔嗒咔嗒地敲著鍵盤，雖然如此，我還是突然擔心起來。

西野小姐，好放得開啊。不對，這也太放得開了吧。

冷靜想想，不管組長看起來多年輕多帥，都是比她大將近二十歲的上司，被這樣的人調查了住址，還看自己的社交網站。還要她請自己到家裡去喝酒，這已經完全算是性騷擾了吧。要是我的話，一定會生氣地反駁。但是西野小姐只輕快地笑起來，她的聲音中完全沒有負面的情緒。

「啊，對不起，我去洗個手。」

西野小姐突然跟組長這麼說，走出了辦公室，我也裝作去洗手間的樣子，跟在她身後出去。

「啊，那個……西野小姐，妳還好吧？」

在女化妝室的洗手台前，我出聲叫她。她轉過頭時綁成公主頭的咖啡色鬈髮輕輕地晃動。西野小姐今天也穿著充滿女人味，搭配得宜的名牌洋裝，隨著她的動作飄散出一股應該是身體香霧的甜美香草氣息。

……這裡是洗手間真是太好了。總而言之通常都散發出紅鶴臭味的我，今天雖然奇蹟似地沒有異味，但我還是自虐地這麼想著。這種念頭立刻被我咬緊牙關咬碎了。重要的不是這個。

「對不起我多管閒事了。我覺得我們組長好像有點纏著妳的樣子……要去妳家喝酒啊，看妳的社交網頁什麼的。」

「哎～？討厭，被聽見了好丟臉啊！吵到妳了，對不起啊！」

西野小姐微笑著揮揮手。她的指甲好精緻。粉紅色的美甲上點綴著珠子跟寶石，自然地散發出閃閃發光的女性魅力。

嗚嗚，真是個好孩子。那好像打上了背光的笑臉一瞬間讓我說不出話來。她微笑著繼續說道：「我讓加古川小姐擔心了嗎？」

「啊哈哈，沒事的啦！這是家常便飯，隨意應付一下就好了。不如說跟岸本組長親近一點，關係好一點比較好呢！我好羨慕他的部下啊。啊，但是加古川小姐，妳沒事吧？我雖然不太清楚，但妳這樣關心我，可能是因為妳是他的部下所以立場不一樣吧。」

「哎，……嗯。」

——西野小姐是不是沒發現組長處處找我麻煩啊。應該是沒發現吧。

越來越覺得這裡待不下去了。

果然跟他處得不好的，只有我一個人。我一直隱約有這種感覺，現在不得不正視擺在眼前的現實。

這麼說來……

跟我負責同樣業務的小林先生，就算在很忙的時候被要求重做，連家也回不了，即便如此他也毫不抱怨地完成了工作。他太太和孩子一定在家裡等他的啊。

提醒我的井坂先生也是，組長跟他說：「你啊，之前不是說到婚姻介紹所去登記了嗎？怎麼到現在連女朋友都沒有啊？這種地方你真是的！」即便用這種私人的事情挑釁，他也只是笑著說：「太過分了！真是的～，饒了我吧。這麼說來，您替我介紹女朋友好不好？」這樣坦然地反過來當笑話講。

——啊，真是的。

大家都好成熟啊。都是社會人士啊。

更別提西野小姐是我同期，同年齡的新進社員啊。人家都已經比我不知道前進多遠了。只有我，一直都還擺脫不了學生心態，想要依賴別人。

真是太悲慘了，西野小姐把頭微微傾向一邊，純真無邪沒有一點陰影的眼神，將我逼得走投無路。

話雖如此，這種無力感到底是因為那個男人，還是被交往多年的男友甩了，憤怒傷心無處發洩呢？我也已經無法分辨了。

然而就在我無言以對的時候，西野小姐接下來說的話大大地出乎了我的意料。

「啊，應該不是這樣吧。你們相處得很好吧？因為岸本組長啊，是剛才吧？感覺是在稱讚加古川小姐很努力呢！」

「咦？」

不是不是，就算天翻地覆，世界下一秒鐘就會毀滅，也絕對不會有這種事情的。

「……哎，是說組長嗎？這有點難以想像啊……」

我設法控制嘴唇不自嘲地扭曲，保持正常的形狀，我非常努力，對方卻回答：「是這樣嗎？我不太明白耶。那我先走了喔！我們一起加油吧？」西野小姐做了一個小小的勝利手勢，就離開了洗手間。

我望著胭脂紅的洋裝背影漸漸遠去，甜美的香草味也自動消失，只留下我跟洗手間的味道。

＊

「加古川小姐，來一下好嗎？」

我懷抱著煩悶的心情回到位子上，渾渾噩噩地整理著檔案時，岸本組長突然出聲叫我，我不由得畏縮了一下。

「哎？嗯，……好的。」

「到這裡來。」

組長帶著認真的表情對我招手，刻意把我帶到沒人的會議室去。我擔心他要跟我說什麼難聽的話，他卻對我示意說：「坐下。」我拉開他指的椅子坐下。

但是組長說的話跟我料想中的完全相反。

「加古川小姐，想去企劃部門吧？」

「啊，是的。是的。」

「其實，我們組接到了一項任務。」

他這麼說著，把手上透明文件夾裡的企劃書拿出來攤在我面前。

竟然是旅遊企劃部門的法人負責單位標註「最緊急重要項目」的文件。

公司這次投入大量宣傳預算，以海外視察的企業為目標客戶制訂了大企劃，突然要設置這個企劃專用的網頁。「好不好用什麼的全部都可以不管啦！總而言之要一個看起來很有型很時髦，別家都無法模仿，讓所有人都一看就非得選我們公司不可的，前所未見的網頁就是了！」這麼輕描淡寫的無理要求，而且好像不僅是關聯部門的管理階層，連社長都十分關心。

「所以，要是可以的話——這個大企劃的特設網頁，想麻煩加古川小姐從零做起。」

「咦？」

我嚇了一跳，輪流望著手上的企劃書和組長的面孔。

見慣的三白眼和削瘦的面頰，真摯的眼神，看起來實在不像是在開玩笑。

「為、為什麼……」

事出突然，我只說得出這句話。

因為，組長，不是討厭我嗎？為什麼讓我接這種，眾所矚目的重要工作呢？

聽我這麼說，他的眉毛稍微下垂，苦笑了一下。我第一次看見他露出這樣的表情。

「剛才我也說了，加古川小姐，妳不是想去旅遊企劃部門嗎？上次不是還申請調動。人事審查的時限就快到了，現在正是大展身手的時候呢。」

「哎……？」

「嗯，妳常常有抓不到重點的傾向，所以我也就嚴格了一點。要是這次企劃有好成果，那就順水推舟，我也有底氣能跟人事部門提報告推薦妳啊。在此之前都是些小企劃，也沒什麼特別值得提的，要是這樣的大項目，當然部長跟課長也都會知道的。」

說話的人口若懸河，聽話的人卻猶如晴天霹靂。

我覺得這八成是天翻地覆的預兆，只嚇得渾身發抖。「就是這樣，現在正是拜託加古川小姐最恰當的時機啦。」他總結道。

我腦中不由得浮現了剛才跟西野小姐的對話。岸本組長，——感覺是在稱讚加古川小姐很努力呢！

一直無法釐清狀況陷入慌亂的腦子開始恢復正常運作，遲來的喜悅感慢慢在胸中擴散開來。

——真的嗎？

雖然很難以置信，但組長的眼神非常地真摯。

「所以，妳辦得到嗎？」

「我、我願意做！」

在追問之下我二話不說立刻答應了。

原因之一，確實還是終於能參與一個大項目，而且還想抓住可能調動到期望已久的部門的機會。

另一個原因就是，在此之前對我尖酸刻薄處處刁難的組長，竟然出乎我意料地認可了我的能力，這個事實讓我振奮起來。

為什麼特地把我叫到沒人的會議室來交代這份工作，那個時候我根本完全沒有想到這一點。

＊

在那之後，當然工作越來越忙得不可開交。

——總之要做出時髦嶄新充滿魅力的網頁來。我家也不回，捨不得吃飯睡覺的時間，把所有其他企業的網頁都看了個遍，想出自己的企劃。我做了展示軟體，印了許多草圖，交到組長那裡時，他當著我的面看了一下，然後深深地嘆了一口氣。

而且，在那次會議室的對話之後，我被稱讚彷彿是幻聽一樣……岸本組長的態度跟以前一樣毫無改變。

「加古川小姐啊，這個是參考了什麼才做成這樣的呢？」

「哎，……做成這樣是什麼意思呢？」

「不懂嗎？這樣就是這樣啊。連這也要一一明說，這是我的工作嗎？」

不如說你不一一明說，我根本不知道問題在哪裡好吧。

我沉默不語，岸本組長就一言不發地用三白眼瞪著我。

「理由自己去想，是說這個是妳從一開始就掌握了正確的概念，花了時間做出來的嗎？也太不像樣了。企劃案真的看了嗎？拿回去，全部重做。」

啪噠，他把紙張堆回來給我，我啞口無言。

理由自己去想？

花了時間做出來的太不像樣了？

這是我想了又想想了再想才提出來的草案。

話說回來，我並沒有閒到能把所有時間都花在一個企劃上。還有，叫我自己去想的意思是，要我照你的思考方式去做吧。這怎麼可能。我又不是你。

咕嚕咕嚕咕嚕咕嚕，肚子裡的岩漿又開始沸騰，已經到極限的熾熱上升到喉間，但卻絕對不能不小心說出口。

我握著拳頭呆呆站著，雙手無力地垂在身側，岸本組長看也不看我一眼，逕自說道：

「太軟弱了吧。這樣下去永遠也沒辦法跟企劃事業部的主管和上面報告啊。企劃案是有期限的，在明天之前必須定下初稿，也就是說明天早上就得交。」

——我正確地解讀了他話中的含意。

沒法跟企劃事業部報告。也就是說，這樣下去也不可能把我調動到那裡。

反過來說，要是設法熬過去的話，或許就能夠調動到想去的部門。更進一步往好的方向解釋的話，就是這個意思。

「……我明白了。」

所以，現在就是展現決心的時候。我這樣暗示自己，轉過身去，背後傳來他彷彿自言自語般的諷刺。

「那麼多的便利貼上，都沒寫下半點有用的主意嗎？真是沒用啊。」

我裝出沒聽到的樣子。這是我唯一能使出的反抗手段。

但是，我微弱的反抗好像讓組長不高興了。「那個，」他故意用我一定能聽到的聲音說。

「那個啊，小林君，這是加古川小姐寫的報告，你能事先看一下嗎？那個孩子肯定有搞錯的地方。」

他拿出的東西不是我現在正在做的企劃。「哎，我嗎？」小林先生驚訝地說。

「對不起，組長，哎，我現在正在忙……那份報告，昨天加古川小姐已經拜託我檢查過了……」

「隨便看一下然後沒發現問題，每次都是這樣不是嗎？你是老前輩了，應該不會花很多時間吧。仔細看一下。啊，檢查過的地方要用印喔。那就拜託啦。我去午休了。」

他幾乎完全無視小林先生的反對，強行交付了任務，然後就起身走向辦公室一角的茶水間去了。

岸本組長幾乎不吃東西。他在大家共用的冰箱裡放著特別訂貨的咖啡豆，休息的時候就用手磨咖啡機磨豆子，然後泡咖啡喝，這是組理大家都知道的。而且他每天早上一定第一個進公司，在沒人的辦公室裡悠閒地品嚐咖啡。

過了一會兒，從隔間簡單的茶水間傳來了咖啡的香味。平常會覺得香味很好，但我現在只有好像要討厭咖啡的感覺了。

我突然清醒過來，望向小林先生。

「那個，對不起，麻煩您……」

「沒事，沒關係，我習慣了。」

他咕噥著拒絕了我的道歉，開始檢查我的報告。我連頭都抬不起來。

習慣了，啊。

看吧。——萬事不順，給大家添麻煩的，果然，只有我。

我無地自容，只能繼續低著頭望著自己的手。

＊

在那之後，小林先生說：「我覺得沒什麼問題啊……」他雖然這樣打發了我，但不出所料，到了組長那裡報告又成了滿江紅，退回來要我重做。我手上還有其他企劃的草案，結果又做到深夜。

組長比以前更加堅持要我重做這項企劃，但他還是先下班離開了。我沒辦法只能先把網頁項目的資料送過去，明天早上八成又得置身地獄了。我現在就感到心情萬分沉重了。

話雖如此，今天還是趕在日期變更之前設法回到家了。

我一面啃著跟昨天不同口味的炸雞，一面倒在鋪著萊姆綠床單的床上。

「啊～」

我不由得嘆息出聲。

今天是星期四。

啊，馬上就要到週末了。

——空虛，就是像這樣吧。

在那之後，我一直忙於工作，根本沒有餘暇想到男朋友的事情，從某方面來說是不幸中的大幸。有了空閒時間，能夠面對私生活的種種，就會想起至今以來的各種現實吧。

不是因為想起他而懊惱。

是因為什麼也想不起來，而感到悲哀。

雖然過程平平淡淡，然而跟交往多年的男友分手，卻沒有任何感慨，實在很悲哀。

以前難過的時候，是可以哭出來的。

話雖如此，我還是覺得自己是屬於很能忍耐的那種人，所以其實很少哭的。但是，還是會流眼淚。

進入公司之後，一開始是會哭的。第一次做的那個網站首頁企劃被駁回的那天晚上，又難受又悔恨又傷心，強忍著嗚咽，從喉嚨深處發出像是青蛙被壓扁的聲音。

後來眼淚就流不出來了。

並沒有特別忍耐。只不過單純地心中空空蕩蕩，什麼也感覺不到。

為了公司，為了工作，一直拚死拚活犧牲私人的時間。
結果就是這樣。空空蕩蕩，一無所有。這也是理所當然的。
——對我來說，除了在公司努力工作之外，已經別無選擇。
男朋友也沒了，剩下的只有工作。
我已經，只擁有，工作了。
在那家公司，在那個部門，最不中用的我。最是累贅的我。即便如此，最無法離開公司的，也是我。
本來不應該是這樣的。
噗通噗通，心臟跳動的聲音直接傳到耳中。分明並沒有運動，真是奇怪啊。心跳得非常厲害，呼吸急促。鬱悶難解的東西沉澱在腹中，隨著呼吸空氣像是刮削著氣管一般。
分明，不應該是這樣的。
到底是哪裡出了錯。出了什麼錯啊。我搞錯了什麼呢？犯錯的是我嗎？是我不對嗎？是我嗎是我嗎是我嗎？
——啊，不行了。

這樣下去，會完蛋的。

我充滿了危機感，眼珠子骨碌碌地轉著，視線在小小的房間裡逡巡。

睡不著啊。得做點什麼事。要是什麼也不做的話會完蛋的。得做點什麼。

然後我看見了隨便扔在床上的禮品小目錄。

這是什麼啊？我疑惑地把頭歪向一邊。然後我立刻想起是之前我去參加朋友的婚禮時拿到的。裡面還夾著宴席桌上放的留言卡。

「感謝您今日光臨！相信下次就是我去參加玲美的婚禮了！」

我記得婚禮是黃金週的時候舉行的——那時我剛進公司還沒多久，還沒有這麼忙碌。那個朋友也是跟高中時就開始交往的男朋友修成了正果。

對不起，妳說的那個傢伙，不久之前把我甩了喔。

我試著在心裡道歉，不知怎地卻流洩出奇特的笑聲。

真是太難堪了，但是，我一點辦法都沒有。

我想轉移一下注意力，隨便確認了一下禮品目錄的有效期限，竟然只剩下大概一個星期了。

然而我現在沒有想要的東西。硬要說的話，就是希望能覺得心安吧。

所以——我腦中浮現的，是非常無聊的念頭。

那麼的話，至少……沒辦法成為朋友期待的那樣幸福的人，完全無計可施；即便如此也認真地訂購有沒有都無所謂的東西吧。

我劈哩啪啦地翻著目錄，不經意看到「兒童用品類」這個跟我最沒有相關，毋寧說位於扭曲位置的詞彙。

好了，就這個！我翻開頁面，上面都是跟我無緣卻耀眼奪目的照片。

跟孩子一起賞鳥用的望遠鏡。最適合教育用的迷你顯微鏡。簡單的戶外用品。玩接球用的手套。再進一步，在附近的公園裡玩草地棒球的話，則推薦金屬球棒。

……金屬球棒啊。

不用說草地棒球了，我連職業棒球都沒有興趣的。這真的是一輩子都可能不會想去碰的商品吧。但是這麼說的話，那手套也是……，迷你顯微鏡也只能觀察食鹽結晶吧，我也沒有用望遠鏡賞鳥的興致。無緣的程度全都差不多。

嗯，但是，金屬球棒啊……

那個時候，我腦中突然浮現的畫面是懸疑戲劇常見的擊殺畫面。

這可不是故意讓檔案夾掉下來的程度。要是能這樣把組長幹掉的話，會有多爽快啊。

用雙手緊緊握住球棒，盡情揮動。擊中後腦！用腦袋打出全壘打！開玩笑的啦。

我想像的畫面實在太誇張噁心了，連自己都不由得失笑。然而回過神來，我已經點進了禮物目錄的訂購頁面。我打進金屬球棒的商品編號，發送。完全沒有遲疑。全憑衝動行事。

手機立刻響起收到訂單的簡訊鈴聲。

「感謝您的訂單。商品將在一週左右寄到您手上。」

……真的買了。

訂購這種沒用的東西，到底是在幹什麼呢？

然而我想像了一下，沒用到極點的金屬球棒在房間裡滾動的樣子。而且還不是普通的棒球球棒。而是隨時都可以把那傢伙輕鬆幹掉喔！的那種凶器。實在太超現實主義了。我偷偷地笑起來。

不知怎地這樣讓我覺得稍微高興了一點，我躺在床上閉上眼睛。本來還以為睡不著的，結果卻立刻入睡了。

＊

我一面覺得自己買了奇怪的東西，一面因為一時興起的惡作劇心理感到輕鬆了一些。

因此第二天早上，我得以神清氣爽地出門上班。

我在自己的位子上坐下，組長已經把我昨天交上去的決議案退回來了。我一面斜眼瞥著文件，一面打開自己的筆記型電腦，隨手開啟電子郵件信箱，察看有沒有必須立刻處理的急件。

果然信箱裡是外包廠商發來的定期報告、福利厚生部署的通知，還有一些垃圾郵件。但是，其中有一封郵件讓我不由得歪著腦袋定睛看著。

「企業海外視察企劃的特設網頁相關」。

「咦？」

那正是，我憧憬的——同時也是最重要的業務要開始進行了。企劃事業部發來的通知信件。內容不用說，就是我設計的那份企劃。送件者是事業部的部長。收件者是岸本組長，為了防止誤差順便發送副本給業務部門共通的郵件信箱。

……直接發給岸本組長？好奇怪啊。負責人分明是我的……

我心中感到騷動不安。算了吧，第六感告訴我。要是搞清楚了就不能回頭了。即便如此，我還是忍耐不住，點開了郵件。

果然不是什麼好事，我的預感不幸成真了。

『岸本組長提出的網頁企劃案，非常出色。雖然我們也收到了其他新的網站首頁設計，在全部評估之後，我們還是決定選擇這個企劃案。在繁忙的業務中還能比我們指定的日期提早三日交出，真的非常令人感佩。』

……什麼？

這是，怎麼回事？

郵件的內容，我完全無法理解。

那封郵件是回覆的格式。原來的郵件是岸本組長今天一大早發給企劃事業部負責的課長的。添加的附件也直接看得一清二楚。

那是我徹夜絞盡腦汁，被組長嗤之以鼻嘲笑「這也太不像樣了」的好幾個網站首頁設計。

——提案跟實做都打算用妳的名字喔。

——也就是說明天早上要交。

記憶中岸本組長的聲音，像蟲子搧動翅膀一樣，在我頭蓋骨內側嗡嗡作響。

「啊啊，岸本君！收到郵件了吧。那邊的部長非常滿意呢！在這麼短的時間內，竟然能做出這麼多種不同的設計。果然拜託岸本君是對的。」

我睜大眼睛茫然地瞪著螢幕上的郵件，課長的聲音像針一樣刺進我的鼓膜。

接著是岸本組長得意洋洋的聲音。

「不敢當啊。您能這麼說，那我辛苦絞盡腦汁想出來的企劃就沒白費了！」

「又這麼謙虛了。你做事總是那麼有效率，這次也是飛快就交出來了不是嗎？」

「哈哈，您過獎了啊。真是不好意思。」

啊啊，……這樣啊。

怪不得呢。原來如此。

我突然明白了。

為什麼特地把我叫到沒人的會議室跟我說話。為什麼表現出比平常更加熱切誠懇的態度。

他那張嘲笑的面孔灼燒在我網膜上。

——啊——啊。

我突然想起昨天晚上訂購的金屬球棒。

課長的聲音還在繼續響著。

「下次的人事檢定，一定要推薦岸本君當課長啊。你是不是下星期還會有其他的提案？我們非常期待喔！」

他說的那些提案，現在正在我手上。要是能痛快地把這傢伙的腦袋砸爛，心裡一定會非常痛快吧。

＊

偏在這種時候、就反而不忙了有空了。

平常放假的時候都要加班的，在極度繁忙中突然的空閒週末，我突然覺得，一切都無所謂了。

所謂有氣無力就是這樣。

被交往多年的男友甩了，心想那就專注在工作上吧，然而我努力工作看起來並不值得。

無論做什麼都被否定、無論做什麼都不算我的業績。不被任何人需要的沒用廢物。我覺得自己好像背上緊緊黏貼著這樣的標籤一樣。

反正，只要那個男人在我頭上，絕對不可能有人注意到我，也無法獲得評價。無論做什麼都是徒勞。我已經無處容身，走投無路了。就這樣活下去也沒有什麼意思了吧。

每天都很辛苦，很辛苦。但是，我已經連感受到辛苦的餘力都沒有了。到底為什麼我要把自己搞到這種萬劫不復的境地呢？

這樣的話……真的。乾脆死了算了吧。

這裡是八樓，跳下去很容易。我正茫然地這麼想的時候，不知怎地覺得應該去那個可以切斷緣分的神社看看。

那裡離我男朋友——應該說是前男友——上班的地方很近，雖然我覺得要是不小心在路上碰到會很尷尬，但我決定積極正面思考，如果那樣的話就有機會當面把話說清楚，這也不錯。

最重要的是，雖然不知道該怎麼解釋——只不過在網路上查過一次的那間神社，不知怎地就非常想去看看，總之就是在腦中揮之不去。

還有，我家到那間神社的距離說近不近說遠不遠，搭電車轉車大概一小時。非得鼓勇早起出門才能去的距離。即便如此，平常不上班的日子都累得要命賴床不起，今天卻不到八點就醒了。

之前那位對占卜跟靈力有興趣的朋友或許會說：「那就是在召喚妳！」之類的話，然而很不巧我不信這些。總之，我心想那就看看天氣怎樣吧。帶著這種消極的心態拉開窗簾，外面晴空萬里——好吧，這就下定決心出發，悠閒地往車站走去。

那裡周圍是有時髦咖啡廳之類的觀光地點，但我像是被什麼操控了一樣，連早餐都顧不上吃就出了門，空著肚子一路往神社而去。

我穿過鳥居，走向淨手台。以前我去老家附近的神社新年參拜的時候，買了路邊攤的東西邊走邊吃，連手都不洗就去參拜了，但這回不知怎地就覺得應該照規矩來。我拿起杓子清洗雙手，然後用手掌中的水漱了口。從出水口緩緩流出的水十分清涼，濕潤了我乾燥的手指和口腔。

網路資訊說假日時這裡女性參拜者多到要排隊的程度，但今天神社內沒有什麼人。寧靜的參道兩側是濃密的常綠樹，覆蓋著木造的紅色鳥居。我沿著白色的碎石步道前進。

我一面走一面隨意瞥向旁邊，心想：啊，紅漆已經斑駁的鐵架上，就跟網路上看到的照片一樣，掛著無數的繪馬。

用結實纍纍來形容都不為過，層層疊疊掛著的白木板——都快擠爆了。最上面的繪馬上的筆跡十分眼熟。是什麼呢？我在記憶中搜索，馬上就想起來了。就是那個失去了孩子的母親。

上面寫的並不是滿滿的詛咒言詞。

「非常感謝您」

上面只簡單地寫著這幾個字。

……這是什麼意思呢？

我一面瞥著眾多的繪馬，一面往前走，很快就到達了主殿。神社整體佔地並不大。我正對著主殿，在功德箱裡扔了五日圓銅板香油錢。我抬頭望著暗灰色的鈴鐺，左右晃動黑色的繩索。沒有晃得很厲害，鈴鐺發出哐啷哐啷的沉重聲響。然後我生疏地行了兩次禮，拍了兩次手，再行一次禮。

只不過是這樣而已——很不可思議地心裡就充滿了虔誠的感覺。雖然沒有跟任何人說話，甚至腦中也沒有浮現半句言詞，但卻像是在跟什麼人交談一般。

我閉著眼睛低下頭，後面傳來一群女性的聲音，我慌忙離開當場。

我走向本殿旁邊的神社辦事處，望著櫃檯上陳列的御守和繪馬。不知怎地剛才看到的那句「非常感謝您」一直在腦中縈繞不去。

一直想這是什麼意思也沒有用。

那個字很有特色，我覺得一定是那個媽媽寫的，但冷靜下來想一想，只是剛好字體相似的別人寫的可能性更高。我本來就不是記得很清楚。

就算是那個媽媽自己寫的，也可能……只是不再怨恨犯人，斷了這份孽緣如釋重負，所以來表示感謝而已。這樣不是很好嗎？不，一定是那樣的。

因為，那個媽媽的願望是……

——「……用世界上最殘暴的方式殺掉。只要那傢伙還活著，我晚上就睡不著覺。」

要是，那個願望，真的實現了的話……

不不，這可能性實在太低了。就是說啊。但要是那樣的話。

……就太好了啊。

腦海中浮現的感想明確得無法否認。我都愣住了。

就在那時，我感覺腳底發癢坐立難安，內心湧出無法克制的羨慕和渴望。

「請給我一片這個。」

我舔舔乾燥的嘴唇，拿起一塊小小的木片，對一直在櫃檯後面偷偷瞥著我的巫女說道。

「請捐獻五百日圓。」

面無表情的巫女輕聲回答。我從錢包裡拿出五百日圓硬幣，放在她伸出來的手心上。巫女細白修長的手指簡直像是蠟做的一樣，缺乏現實感。

「那邊有筆可以寫字。」

我順著她指示的方向看過去點點頭，巫女最後又小聲補上一句：

「希望您能斬斷惡緣。」

我覺得彷彿內心被人看透了——我行了一禮，悄悄地往放置寫繪馬用的麥克筆之處走去。

我對於自己要寫什麼毫不迷惘。

「請用這個世界上誰也不知道是我幹的方式，殺掉岸本曉仁。」

我一口氣用麥克筆寫完。

只是繪馬而已。雖然我心裡是這想的。

我像想遮掩寫了什麼似地，把繪馬抱在胸口，快步走向油漆斑駁的鐵架，輕輕地把繪馬掛上去。轉念一想又把剛掛上去的繪馬藏在寫著「非常感謝您」那塊繪馬底下。

我的心臟怦怦地跳個不停。啊啊，真的寫了。做這種事情，真的好嗎？不知道是因為罪惡感還是成就感，我品味著這種無法言喻的騷動不安，像逃跑一樣離開了神社。

＊

在那之後，我充滿了悔恨。那塊繪馬，要是被認識的人看見了可怎麼辦啊？不，上面並沒有寫我的名字，但是搞不好有人能從筆跡認出來。或許還是現在去拿下來比較好……

真的是翻來覆去非常平凡的煩惱，最後我仍舊是非常平凡地毫無作為，到了傍晚已經安慰自己「只不過是一塊繪馬而已」，就這樣拋到腦後了。

結果我隨便逛了一下附近的觀光地點，吃了糯米糰子跟手工仙貝之後，並沒有碰見什麼熟人，就這樣回家了。

我一面玩手機，並沒有特別想查閱什麼，只是翻了一下社交網站的內容。突然叮咚一聲，門鈴響了。對講機傳來年輕男子的聲音。
「我是快遞。」
「來了。」
穿著藍色條紋制服的快遞小哥，把一個細長的紙盒子交給我，然後就走了。
不用看內容標籤也知道是什麼。
……就是那把金屬球棒啊。比我想像中還快送到呢。
因為商品是在兒童用品的分類，我以為會是比較脆弱的便宜貨，但不用打開盒子都感覺得到重量。這真的可以當凶器用了啊，我竊笑著想道。
好了，東西送到了，現在要拿它怎麼辦才好呢？
要不然送給附近的小學吧。如果要送出去的話，新品包裝不要打開可能比較好。不過平常上班的日子，不可能有空送過去，到底什麼時候能送也不曉得……
我把球棒連盒子一起靠在牆邊，望向窗外。從單身公寓的八樓望出去，可以眺望閃耀的都會夜景，以及籠罩在街景上方，讓人深感自身渺小的薄暗星空。
「啊～啊～」
我不由得發出嘆息。本來應該跟男朋友過也不奇怪的週末，卻在一時興起之下變成了不可思議的經驗。雖然，我並不後悔。

我倒在萊姆綠的床單上，閉上眼睛。可能是適度走動過了吧，身體感覺到健康的疲勞。

可能是在繪馬上發洩出毫無虛飾的本心吧，覺得心頭輕鬆了不少。斬斷惡緣的神明，把我心中的煩躁不安都一刀兩斷，讓我如釋重負也說不定。

我是這麼覺得的。

＊

那天晚上。

——我作了一個奇怪的夢。

話雖如此，並不是見到了什麼奇特的景致。同樣的房間，同一張床。同樣的萊姆綠床單。枯萎的盆栽小番茄。並排的營養液瓶罐。

神奇的是，夢中的我還能思考。

首先，我自己知道，這是一場夢啊。而且雖然是在夢裡，但床單的觸感，還能聞到桌上喝剩紅茶的香味都非常真實——我覺得這就是之前那位對占卜和靈力能量有興趣的朋友說的：「自己知道是作夢的夢？那叫做清醒夢喔！」

我睡覺的時候分明是晚上，但從窗口看見的景色是白天，晴空萬里。有點像是去神社參拜的時候那樣，讓人神清氣爽的清一色天藍。

啊，今天天氣真不錯。

然後，我這麼想著。

難得天氣不錯，今天我就把組長幹掉吧！

——這樣。

為什麼在此之前都沒有想過這麼簡單的事情呢？既然天氣不錯，那正適合外出。剛好又有非常稱手的凶器寄到了。因為話說回來，這球棒本來就是要用來幹掉他的不是嗎？

就是啊，想幹掉他的話，動手不就好了。

反正是作夢。「清醒夢就是因為可以做自己想做的事情，所以才有魅力啊！」我記得我的朋友非常熱切地這麼說過。

既然如此打鐵就要趁熱。簡直像是決定早飯要吃什麼一樣輕鬆愉快，我一面哼歌一面打開盒子的包裝。裡面果然是沉重的鉛色球棒。

但是，公然拿著凶器到處走也是有點那個。

這麼一想我從衣櫃裡面找出許久沒用過的黑色波士頓包。我把球棒塞入學生時代旅行時的良伴裡。

哎喲，袋子好小！或者應該說，球棒太長了！

像賣特大香腸的盒子一樣，我看著球棒從女用的可愛黑色包包裡露出來的樣子，忍不住噗嗤笑出來。什麼啊這是，太好玩了。

沒關係了。反正是夢。就這樣吧。要是香腸的話，那接下來就等於是加上番茄醬，豈不是很合適嘛。

我望著塞著球棒的醜包包，自己一個人咯咯笑起來，然後精神百倍地準備去上班。

接著——我就醒了。

嘟嘟嘟，放在枕頭旁邊的手機震動起來。那不是別人，是我為了讓自己不睡超過一個小時而設定的鬧鐘。

望向窗外，夜空一片漆黑。時鐘顯示午夜。

——真是討厭的夢啊。

心裡雖然這麼想著，但心情卻很好，真是不可思議。

——想幹的話，幹掉他就好了啊。

我扭曲著乾燥的嘴唇笑起來。這種不可能實現，一般人根本不會有的想法，不知怎地讓我覺得很可笑。

＊

……我可能真的是累了吧。

那個夢，並不是作了一次就完了。

次日晚上，我躺在床上入睡之後——又看見了同樣的晴空，在目眩的朝陽下瞇起了眼睛。

我環視室內，地板上果然散落著營養液的空瓶，窗邊的小番茄狀況悽慘。跟平常一樣的套房裡，唯一不同之處就是床邊放著的波士頓包包。看起來有點邪惡，像是黑色熱狗的金屬球棒從包包裡露出來。

太好了，還在呢。

看見那個的時候，我的心潮立刻翻滾沸騰起來。

凶器搞定。接著，該穿什麼呢？就這樣穿著從老家帶來的白底小花睡衣吧，嘻嘻，我用手掩住嘴角。

應該盡量做平常的打扮，去辦公室也不會特別引人注目的服裝吧。褲裝，然後很容易往上推的花邊袖襯衫……不行，可能會被噴出來的血濺到，還是上下都穿深色比較好吧。鞋子要不會妨礙行動，好走又不會發出聲響的那種。

我簡單化了妝，換好衣服，拿起包包瀟灑地出門。

啊，天氣真的不錯。簡直像是全世界都在幫我加油一樣，這種孩子氣的妄想讓我覺得很愉快。那麼，今天就把組長幹掉吧。難得天氣這麼好，不把組長幹掉可不行。

抵達車站的時候，一面聽著電車哐噹哐噹的聲音，這才從忘我的境界中醒過來。

並不是反省自己怎麼會有如此愚蠢的計畫。我是想起來重要的事了。

這麼說來那個傢伙，比誰都早到公司，總是自己一個人喝咖啡不是嘛。實行的話，下班動手不如一大早比較好。

這次沒有特別早起，這樣就得回家去再出門了……

不經意地瞥了手錶一眼，神奇的是，時間竟然是上班前兩小時。這樣現在去的話，應該可以趕上組長自己一個人在的時候吧。真是幸運！果然運氣是站在我這邊的。

——然後，我又在這裡醒過來了。

嘟嘟嘟，我從被子裡慢慢伸手拿過震動不停的手機。一面用睡衣袖口揉著睜不開的眼睛，一面確認起床時間，然後望向窗簾的縫隙。雖然是早晨，但外面非但不是晴空萬里，反而一片灰白。是陰天。

我慢慢地起身，從床上望向應該放在房間角落的球棒。我看著仍舊沒有打開過的紙盒，嘆了一口氣。

……不管怎麼樣，也有點太那個了吧。還連續兩天作同樣的夢。

我這深層心理真太恐怖了吧。所謂的恨入骨髓也就是這樣了。

＊

第二天，接著下一天，我一直作著要去幹掉組長的夢。

「……呃！」

早上，從同樣的夢中醒來，第一件事就是確認靠在牆邊的金屬球棒。今天也是，非但沒有放在包包裡，球棒的包裝都仍舊沒有打開。我鬆了一口氣。

但是，日復一日，拿著塞進球棒的波士頓包包搭上電車的時候、從到公司的那一站走向辦公室的時候……夢境慢慢地逐漸進展到幹掉組長的那一刻了。

只不過是夢而已。

沒什麼大不了的。

證據就是，分明拿著那麼奇怪的包包，但不管在電車上，或是走在路上，都沒有人注意到我。真的就像變成了空氣一樣。

即便如此，就算是夢，這也是……要去殺人啊。

在意服裝、加上中途還有實際的計畫，一開始醒來的時候還會陷入自我嫌惡。然而在夢裡，我簡直像是要去遠足的小學生一樣，心情愉快一路前進，不知何時連罪惡感也淡薄了。

那一天，──不知怎地睡著之前就有「啊，差不多就是今天了吧」的這種預感。

一步一步，一個瞬間一個瞬間，慢慢進展的夢境，終於到達辦公室了。

我們辦公室在七樓。因為是作夢，所以一切都非常順利，警衛室裡沒有人，本來應該要刷員工證才能打開的門，也根本沒有鎖。

我毫無阻礙地走上還沒開燈的辦公樓層走廊，穿著行動方便的平底鞋，發出靜靜的腳步聲。

到了七樓，這裡也一樣不需要員工證件，自動門大大敞開著。

我悄悄地探頭進去，仔細觀察自己小組桌位的所在地。

——他在。

從我所在之處，只能看到岸本曉仁弓著背對著辦公桌，以及梳得油光閃亮的頭髮。但那就是他，絕對錯不了。現磨咖啡的香味飄過我鼻端。微苦，卻甘甜。香得讓人想吐的，那種味道。

順著香味來源接近，我輕輕地把金屬球棒從波士頓包包裡拿出來，用兩手握緊。我自從小學體育課打壘球以來，就沒有握過球棒了，然而冰冷又沉重的球棒，卻異樣地稱手。

他對著電腦，好像在工作的樣子。

可能因為是在夢裡吧，走到呼吸都能吹拂到頭髮的距離，組長都完全沒有沒注意到我的樣子。我雙手高舉著球棒，站在他背後，四下張望。百葉簾都沒打開，陰暗的辦公室裡，只有他喀啦喀啦點滑鼠，和偶爾啜飲咖啡的聲音。

並不存在的我，此時視線不經意地落在他正在看的電腦畫面上。他打開的是某種表格。

看了一會兒，我察覺了液晶螢幕上文字的含意，不由得倒抽了一口氣。

那是——人事部門發來的員工派遣部門意願調查。

審核的系統，像我這樣的新人是不太清楚的。但是注意看下去，內容似乎是「下次就算不立刻回覆也沒關係，但如果有調動的話，希望能夠告知誰要調動到哪裡」。

然後人事部會先提出「這個職務由某人擔任如何」，向各單位發送推薦資料的樣子。然後那個人的直屬上司就會判斷「對，這人適合」、或是「不，這個人不適合」，在資料人名上面劃紅線剔除……像這樣的系統。

明白這一點的時候，我不由得幾乎「啊」地叫出聲來。

表格上有業務、經理之類的職務，旅行企劃部門——我憧憬的職位也在其中。

然後，人事部推薦的名單中，也有我的名字。

……簡直像是，騙人的。真的嗎……？

我不由得熱淚盈眶。但是我忍著沒有發出聲音。

面試的時候，我這個毫無經驗的新人熱切地表示想到非常搶手的旅遊企劃部門工作，人事部的人還記得嗎？雖然只是在備註欄裡寫著「在目前的工作崗位上累積經驗之後」。

我的努力不是完全白費的。因為只要在現在的工作崗位上努力，下次人事調動的時候，說不定就能……我心中充滿了希望，非常激動。

對了。上次的企劃案，他不是也說了嘛。

只要這次做出成績，或許就能夠累積足夠的評價了。

——然而，我的功勞說不定都已經被人竊取了。

他也是人生人養的。或許真的會遵守那個承諾也未可知……

卻不料，岸本組長好像也在看同樣的欄目。他停下了捲動滑鼠的手，一直望著同一個畫面。

我只能看見他的後背。

但是，我突然感覺到他的嘴唇扭曲，發出嗤笑；果然我之前是想多了。

他移動滑鼠，指標劃過我的名字。

然後，他毫不遲疑地，在我名字上劃了「不適合」的紅線。

在那瞬間。

從體內深處湧上的火焰擠壓著肋骨，心臟像是被純黑的激烈感情絞緊了一樣。

一直壓抑在內心深處，但是不能跟任何人吐露的情感。

這一切倏地湧上喉頭，簡直像是要嘔吐出來一般，手腕蓄起了力道。

所有的遲疑跟迷惘，全部消失殆盡。

他再度伸手拿咖啡杯，正要喝一口的瞬間，我揮動了球棒，盡全力打他的後腦。

——咔喳。

簡單到讓人覺得不過癮的程度，他的腦袋就被打裂了。

我的第一印象是，好像劈開的西瓜一樣啊。看起來就很像，破裂的程度也差不多。這應該也因為是在夢中所以才這樣吧。

但是，要是事實上也是這樣的話——人類的腦袋，就實在有點靠不住啊。

上半部就這樣輕易被打爛的腦袋，簡直像是保麗龍做的模型一樣。腦袋被從中一分為二，只留下下半部的牙齒，讓人聯想到理科教室裡的骨骼標本。朝前面伸出的舌頭則像是嚇人箱一樣。

但是只過了短短的一段時間，暴露在空氣中的斷面就拚命湧出東西來，簡直是在強調，「不是，我是真人啊」一樣似地。

一秒之後，啪噠啪噠的水聲伴隨著亂噴的番茄醬般不知是液體還是固體的東西四散紛飛，濺在椅子、桌子和電腦上。馬克杯從無力的手中掉落在地板上，咖啡成了一小灘黑色的水，但立刻被紅色覆蓋而看不到了。

紅色。

……紅色。

簡直像是下雨一樣。

我一面沐浴在溫暖的紅雨中，一面瞪著組長的後背。

腦袋剩下一半，但一時之間還維持同樣的姿勢面對著電腦的身體，彷彿終於想起來似地開始搖晃。接著就像打瞌睡般往前栽倒。靠在桌上的手肘維持著打字的基本姿勢，放在鍵盤上的長手指在身體的重量之下往前滑，抵到了畫面上。哐噹，這聲音實在刺耳。

死了嗎？

……死了吧？

但是，

還不夠。

還要，更進一步。

我腦袋深處仍舊發熱作痛。啊這個，是腎上腺素吧。我彷彿事不干己般地笑起來。

喏，因為還不夠啊。

不是還有，下半部嗎？

是不是啊，組長？

打一次是不夠的。多少次都不夠。這個男人連一絲痕跡都不配存在於這個世界上。

把腦袋打爛，組長的頭已經不成形狀了，但我仍舊繼續不斷地揮動球棒。砰咚、哐噹、這種敲打固體的聲音，不知何時已經成為好像攪動液體般咕嘟、啪喳的水音。

把身體還存在的部分處理完之後，我扭過頭，找尋不知道飛到哪裡的上半部。啊，找到了，在那裡，掉在地上。差點忘記了。我露出牙齒獰笑，再度揮動球棒。

不用說——等我回過神來，辦公桌周圍已經慘不忍睹。

鮮血滴滴答答，在地板上積成血池，上面晃晃悠悠地漂盪著粉紅色的肉片。碎裂的頭蓋骨上剝離的頭皮，勉強繫著白色的骨片，上面還有一撮撮的頭髮，不知怎地讓我想到排水溝裡的垃圾。牙齒也飛到大老遠，散落四處。

哎～喲，我露出苦笑。今天也打扮得整整齊齊的，卻落得這個下場，真是白費功夫了啊。得再用些髮膠了呢，組長。

對了對了，已經一片血紅的那份資料，不就是那個企劃最新的紙本嘛。我提出的內容，反正一定又是被隨便修改，然後得意洋洋地用自己的名字提交上去吧？真是太可惜了呢。漂漂亮亮地印出來，竟然搞得這麼髒，人家一定不肯看了吧？

更有甚者，兩顆仍繫在視神經上的眼球，簡直像是漫畫裡的畫面一樣，在地板天真無邪地望著這邊。我不由得不合時宜地笑出來。

雖然腦袋沒了，但卻仍好像堅持繼續工作般倒在桌上的屍體、吃盡苦頭千辛萬苦才完成的決議案、不應該碰水的電腦等全部都被紅色液體搞得一塌糊塗。

這一切的一切，都很好笑、太好笑了——

「嘻嘻、嘻嘻……哈哈哈、哈哈。」

我抱著肚子當場大笑不止。

啊哈、啊哈、啊哈、啊哈啊哈哈哈哈。

沙啞的聲音從喉嚨裡擠了出來。

我放開球棒，用手摸臉頰，感覺到黏糊糊的東西。手中殘留的那種擊中骨肉的感觸更加鮮明。

終於，幹掉了。

終於，雖然這麼想著，然而虛脫的感覺卻大於成就感。

因為——這麼簡單的話，那現實中應該也辦得到吧。

看著眼前跟恐怖電影沒有兩樣的血腥光景，我心中浮現的感想簡直有點蠢。

怎麼這樣啊？對不對？

不是很簡單嘛。

那麼高高在上，瞧不起人的傢伙；那麼把我當傻子一樣耍得團團轉，看我的眼神像是看著不配活著的垃圾一樣的傢伙。把我辛勞的工作成果，全部都理所當然地據為己有的傢伙。

我過得那麼艱辛，覺得那麼難受，甚至連想死的心都有了，然而卻這麼簡單地、不費吹灰之力全部幹掉了，什麼也不剩下，就像這個人完全不曾存在過一樣。

「蠢透了。」

我發出聲音。

為什麼不早點這麼幹呢？

分明心裡覺得無比痛快，但嘴裡卻泛起說不出的苦味。

為什麼呢？因為無論是散發出溫度的屍體，或是聞到刺鼻的血腥味。全部都非常真實，讓人沒辦法擺脫「這可能不是真的是夢吧」的感覺。

我遲疑地捏自己的面頰。醒不過來。而且，會痛。

——感覺得到疼痛。這就是說。

說不定這……不是夢？

不是夢——

騙人，騙人的吧？

「怎、麼辦……」

我一開口，聲音發抖。

發現自己聲音發抖，我更加焦躁起來。

怎麼、辦？怎麼辦？怎麼辦？

怎麼辦怎麼辦怎麼辦怎麼辦怎麼辦！

我完全陷入慌亂中。判斷能力遲鈍，運轉不靈的腦袋中，只有怎麼辦、怎麼辦這句話像廣告塔的電子公布欄一樣不斷地跑馬燈。

最後，自然而然達成的結論。

「藏，得藏起來……」

得藏起來。得藏起來。得藏起來。我不由得一把抓住桌上散落的肉片，潮濕柔軟，略帶溫度的感觸，讓我尖叫一聲收回手指，焦躁還是佔了上風。

該如何是好。能藏身的地方。在哪裡？該躲在哪裡？我猛地拉開抽屜，想將血肉都掃進去。

不行，沒地方可藏的。當然不可能。亂七八糟的血肉把灰色的滑鼠都染紅了，更加無法收拾。
在我手忙腳亂的當口，背後傳來了動靜。
有人來了。是同事們來上班了。是啊，有人，終於來了。
我聽到自動門打開的聲音，腳步聲漸漸接近。明朗的一聲「早安」，是西野小姐吧。也可能是別人。
不管是誰都一樣。怎麼辦？現在這個樣子。
心臟怦怦地跳個不停。大汗淋漓、汗流浹背。
別這樣。現在，別過來。拜託了——！

——就在這裡，我醒來了。

手機低調地嘟嘟嘟震動，告訴我起床時刻到了。
「……是夢啊。」
我從被窩中慢慢伸出手，關掉鬧鐘。
……是夢。

我呆呆地望著牆邊。本來應該已經變成凶器的金屬球棒，果然還是連包裝都沒解開，靠在牆邊。我果然還是不想打開，確認內容物的顏色和手感。

「太好了，只是夢而已……」

我不由得喃喃道。

那當然是夢啊。人的腦袋沒有那麼容易就變成碎片吧。更別提憑我這個天生就是文科生，連跟同性比腕力都沒贏過的弱雞，怎麼可能幹得出那種事情來。

——那種事情。

一瞬間，夢中的情景鮮活地在腦中浮現。

飛散的鮮血。粉紅色的肉塊。白色的骨頭。透明壓克力一樣的眼球，看起來純真得不像那個男人的樣子。而且我們還對上了眼。

「嗚、嘔……」

突然之間強烈的反胃感，讓我從床上滾下來，衝向浴室。

我抱著馬桶把臉湊過去，將胃裡的東西吐得一乾二淨。這麼說來昨天的炸雞是起司風味的，腦中又浮現了毫不相干的感想。

全部吐完，我用手背擦嘴，慢慢地站起來。我肩膀上下起伏，慢慢讓呼吸平穩下來，然後用手撐著洗臉台穩住搖晃的身體，望著鏡子。

鏡子裡是疲憊不堪，眼窩凹陷，讓人不忍卒睹的面孔。

但是，再度體認那是夢的瞬間，我簡直要流下安心的淚水。

……是夢，太好了。

真的，太好了。

我突然想起神社的繪馬。

那個……難道是？

說不定神明在利用夢境，教訓我「不要有殺人這種愚蠢的想法，積極正面地活下去吧」。

確實如此。殺掉那種人渣，我成了殺人犯，這一輩子就毀了。對我完全沒有任何好處。

想這些有的沒的，不如考慮一下明天該怎麼辦吧。這不是神明托夢告訴我的嗎？

確實，我曾經想過，真的逼不得已幹掉他就好了！在夢裡我付諸實行的時候，感到非常痛快。

人到逼不得已的時候，什麼事都幹得出來。

被上司全面否定，只不過是因為他看我不順眼而已。被交往六年的男朋友甩了，那就再找一個感性合得來的人就好。我想和他最後一次好好把話說清楚，但反正已經結束了。

我覺得已經看透了一切。老實說，這才是真正的「醒」了。

……這種猛藥也下得差不多就是啦。

神明大人，萬分感謝。我在心中默唸，不經意地瞥向洗臉台上面的電子鐘。

——九點二十五分。

順便一提，我們公司的上班時間是九點半。然後從這裡搭電車要二十分鐘。

但是我不是剛剛才按掉鬧鐘的嗎！我慌忙察看手機確認，原來手機好像默默震動了將近兩小時之久。

「完全遲到了……！！」

我急忙穿好衣服，慌亂地出門。

路上我試著打電話到公司說「對不起我要遲到了」，但今天卻沒有任何人接電話。怎麼回事啊？我們公司的方針是，電話響一聲就要立刻接起來的，我一面心裡覺得奇怪，一面趕向車站。

沒辦法，我試著打組長的私人手機。雖然一大早就聽到昨晚幹掉的傢伙的聲音讓人心情沉重，但打了十幾二十次，他也沒接電話。

接著是課長。他也沒接。最後的辦法是在社交網路的群組裡，發消息給同事如小林先生跟井坂先生等人，說「我睡過頭要遲到了」。為了保險起見，也發給西野小姐。

但是，這些訊息也都未讀。

這樣一來只能直接趕往公司，彎腰低頭道歉說：「我睡過頭了。」我做好最壞的打算，在電車上搖搖晃晃，焦躁不安地看著窗外流逝的景色。

在熟悉的路上全力朝公司大樓奔跑時，我感到有些不對勁，把頭歪向一邊。灰色的大樓前面擠滿了人，多到難以置信的地步。要繞過這些人，恐怕得費點功夫。怎麼會這樣？到底是發生了什麼事啊？

「說沒抓到犯人。」

「監視器畫面全都一片漆黑，什麼也沒拍到。真的假的？」

「屍體的樣子，好像很悽慘……」

「受害者是這家公司的人嗎？」

聽到的片斷對話讓人感到不安。我從人群的縫隙間望過去。熟悉的門廳前拉著我只在電視上見過的「禁止進入」和「KEEP OUT」的黃色警戒條，讓我更加吃驚。

更有甚者，熟悉的街道旁停著警車，而且有好幾輛。

這是怎麼啦？到底怎麼回事？

「啊，對不起！發生什麼事了？嗯，我是這棟大樓裡公司的員工，剛剛才到，這是怎麼了……」

我試著找了一個看起來像是上班族的旁觀男子詢問。他應該是路過停下來看熱鬧的，很痛快地「嗯嗯」回道：

「發生了殺人案喔。好像是一大早來上班的員工被殺了。犯人還沒有抓到，大樓裡的每個人都被抓起來調查了。」

「哎……」

我說不出話來。

這家公司，殺人案？

我突然想起昨晚的夢。殺人案對我來說是個非常敏感的詞彙。在作了那種夢之後，第二天早上竟然發生這麼可怕的事情。我覺得渾身寒毛直豎。我怯怯問他：「您知道是哪個部門發生的事嗎？」

「我不是這家公司的人，不知道詳細情況……剛才我聽到警方談話提到，發生在七樓。」

——七樓。竟然是我所屬的部門。

心臟，不是，我全身都震動起來。我假裝沒感覺到自己背上滲出的冷汗，低頭望著地面。

反射陽光白得讓人眼睛發痛的鋪地石，啊啊，今天——今天天氣也真不錯啊。我漠然地想道。

我沉默不語，他繼續說下去。

「還有就是死因好像是被打死的。雖然沒找到凶器，但好像是某種棒子。被一再用力毆打，簡直不像是人幹得出來的，腦袋打爛得都看不出來是什麼人了——」

我頭暈目眩。
眼前一片模糊，我搖搖晃晃地往後倒下，
「這位小姐，妳沒事吧……」
「沒事，我還好。」
上班族看見我臉色不對表示關心，但我揮揮手，離開了當場。因為……
難道。難道。難道……
偶然吧。一定是偶然。
被殺的也不一定就是組長。
不只是組長，連課長和同事都聯絡不上，結果七樓到底發生了什麼事，仍舊不知詳情。
我正這麼想的瞬間，放在包包裡的手機震動起來。我慌忙在包包外側的口袋裡摸索。沒有看清楚來電者是誰就接起電話，課長的聲音在另一端響起。
「加古川小姐！妳現在在哪裡？」
「對、對不起……我睡過頭了……現在，在公司前面……我有跟大家聯絡……」

「啊，真的，有未接來電，抱歉。冷靜，鎮定一點，我有話要跟妳說……」

我渾渾噩噩地應了一聲，課長又焦急地重複了一遍。冷靜。他自己聽起來就一點都不冷靜。

「岸本君，遇害了。」

「……」

「我知道妳一定很震驚，總之先回家待命吧。幸好妳的部門大家都還沒上班，但已經到公司的員工都在接受警方偵訊——加古川小姐，妳在聽嗎？」

哐噹。

手機從我手中滑落，掉在鋪地石上，滾到旁邊去了。我茫然站在當場，望著摔裂的螢幕發呆。

＊

在那之後發生的事情，我記不太清楚了。

——回過神來時，自己已經站在那座神社前面。

這難道是夢的延續嗎？我一直捏自己的面頰捏得生疼。要是這樣還醒不過來的話，這就真的不是夢，是現實。

不對，不對。不可能的。

不可能是我殺的。早上我分明睡在自己的床上，球棒連包裝都沒打開。監視鏡頭也什麼都沒拍到不是嗎？

但是，即便如此，不管怎樣——那個繪馬都得處理掉才行。

我在焦躁的驅使下，一心一意地趕到了切斷緣分的神社。

這次我沒在洗手處洗手，快速走過參道，直接趕到吊著繪馬的金屬架處。今天不是假日，神社境內連一個人影都沒見到。

我翻著架子上掛的白木板，找自己的繪馬。

……沒有。

到處都找不到。

在那之後來過很多參拜的人吧。當初那個「非常感謝您」的繪馬本來是標的，但不僅找不到我的繪馬，連那個也看不到。

怎麼辦，那種東西，要是給別人看到的話。還是這裡任職的人員已經看到了呢？要是處理掉了就好，但要是還留著的話……

恐懼讓我的指尖徬徨。我遲疑地繼續翻著繪馬。

「啊。」

我叫出聲來。我看見了「岸本曉仁」「殺掉」這幾個字。

我的繪馬，太好了……還在！

突然鬆了一口氣讓我幾乎站都站不穩。我要把繪馬從架子上拿下來。我伸手碰到紅繩的時候，碰到了同時伸出來的不知道誰的手指。搽著粉紅色指甲油的漂亮手指。

——心臟從嘴裡跳出來就是這種感覺了。

「對、對不起！」

我慌忙低下頭道歉。怎麼辦，被看見了！

被人看見了。這個繪馬上寫的字。

我沒有抬起頭，在我顫抖的鼻尖，傳來聞慣的香水味。

甜甜的香味，是香草。

我抬起視線——說不出話來。

「……西野，小姐！」

朝同一塊繪馬伸出手的，是西野小姐。

總是笑容滿面，開朗可愛的西野小姐，總是能巧妙應付組長接近性騷擾般的發言，兩人似乎關係和睦的西野小姐。她彷彿戴著能劇面具一般毫無表情，定定地望著我。我也說不出話來，只能回望著她。

喀啦、喀啦。

突然間傳來新的腳步聲，我轉頭望向參道的方向。不出所料，新的參拜者正急著走向這裡。而且有兩個人。

小林先生。井坂先生。

他們也都帶著非常焦急的表情趕過來，看見我和西野小姐，立刻就面無表情，停下了腳步。我應該也是一樣的臉色吧。像是能劇面具一樣，什麼都沒有。

我們像是遠遠地圍成一個圈子一樣，面對彼此。

——抬頭望天。

果然是萬里無雲，藍得令人目眩的晴空啊。

天花板的樑

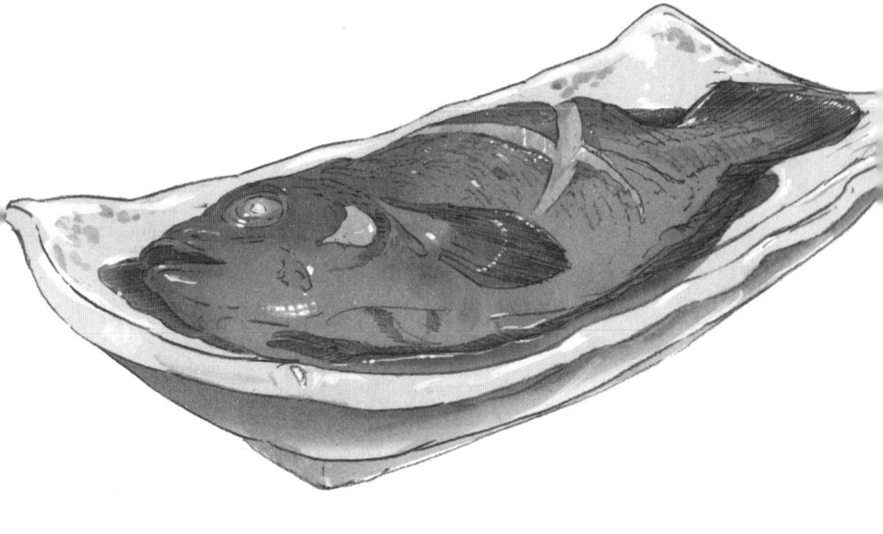

要是問我喜歡吃什麼，我第一個想到的就是「煮魚」。

從大學時代起，朋友們就說：「太老派了！麻里子，這不是普通女孩子喜歡吃的東西吧！」我常常被大家嘲笑。但是，因為真的喜歡，所以也無可奈何。

而且不是單純的煮魚而已，是特定的——我喜歡的是「媽媽做的紅石斑煮魚」。

我在四周被田地環繞的鄉下地方長大，在去東京上大學之前都不知道，原來紅石斑是一種很次等的替代品。紅皮上有斑紋的魚，皮下是膠質層和厚實的白肉，加上生薑的醬汁煮入味之後，用筷子夾起來，濃郁得還未入口就化開了。我從小就一直深信全國每個家庭理所當然地每天都吃這一道菜，一開始大學研討會的朋友問說：「那是什麼？」的時候，感受到的文化震驚始終難以忘懷。

而且無論到哪一家店裡，都吃不到同樣的味道。我覺得不光是魚的種類問題。小時候我筷子停不下來，一面問說：「媽媽煮的魚，為什麼這麼好吃啊？」在田裡工作曬得微黑的媽媽會笑著回答我：

「可能是作法的關係吧。嗯～小麻里妳也知道的。其實沒有什麼秘訣啊。但是，對了。大概是加了很多重口味的醬油吧。」

我們是非常普通的農家，我上小學的時候，一家之主爸爸就去世了。在那之後寡母一手拉拔我長大，真是難以回報的養育之恩。

記憶中的媽媽總是帶著笑容。

「小麻里，不是想做製作書或者雜誌的工作嘛。絕對不要放棄！交給媽媽就好了。雖然我們家是這個樣子，但是存款還是有的喔！」

媽媽這麼說時臉上仍舊帶著笑容。我本來打算高中畢業就開始工作的，但她讓我去東京上了大學。

那天晚上吃的紅石斑煮魚，現在我還記得很清楚。本來應該是微甜的醬汁，不知道為什麼嚐起來很鹹。謝謝，謝謝，我一面不斷地說著，一面假裝沒有注意到順著面頰流下的淚水一直吃進嘴裡。

到了東京，大學畢業，開始工作。拚命努力過日子，不知不覺間就跟老家疏遠了，我們彼此顧慮，斷絕了聯絡。

但是，偶爾，我會非常非常想念那紅石斑魚的味道。

——在脆弱的時候，尤其如此。

我，荻原麻里子，在東京某家出版社上班。

雖然不是什麼大出版社，但卻出版一本頗為主流的時尚雜誌，知道那本雜誌名字的人應該不少。大概是這種程度的規模。

順便一提，我工作的部門不是招牌的時尚雜誌，而是銷量普通的美食雜誌編輯部。

話雖如此，我不是正式員工，只是約聘人員，每年續約的時候都得提心吊膽。我大學畢業的時候剛好碰上所謂的就業冰河期，所以能被約聘就不錯了，就這樣得過且過到現在，這是自作自受。總之平安無事度過的第二年，馬上也要結束了。

——然後——

「荻原小姐，這裡，有點噁心呢。修改一下。」

「好的，鈴木主任。」

我對著直接抵到我鼻尖的版面設計圖，微笑著收下來。

一面心裡想著：「有點噁心是什麼意思？」

嗯……噁心啊。

鈴木主任雖然常常對我這麼說，但是我從來沒辦法確定這是什麼意思。到底指的是什麼的哪個地方呢？裝飾設計嗎？文章？還是字體？照片？

這麼一說，我想起來自己曾經問過：「這是什麼意思呢？」她無情地斷然回答：「這種事情大家都明白吧，噁心就是噁心啊。」

這個時候，通常都是必須一直重做，直到她說：「算了算了，就這樣吧。再跟妳說也是白搭」為止。一直反覆重做，到最後乾脆把最初的設計交出去，很不可思議地得到：「哎喲，這不是還像點樣子嘛。一開始拿出這個來不就好了。」這種莫名其妙到讓我目瞪口呆的回答，而且還不止一兩次。

要是照著她的指示去做，就會被斥責：「人家告訴妳什麼妳就照做，妳是狗嗎？要是個人就自己用腦袋想啊！」這樣的話我就照自己的想法去做，然後就得到：「誰說可以這麼做的？連照著人家跟妳說的那樣去做都辦不到，妳進入社會工作幾年了？」真讓人無言以對。

對鈴木主任而言，到底什麼是「正確答案」，什麼是「錯誤答案」呢？我想了許久，最後覺得一切都是「看今天她心情如何」來決定。話雖如此，她罵人的理由用完之後，就使出最後的絕招：「妳做的東西，感覺很噁心。」

我望著手上皺巴巴的版面設計圖。剛才握著這張紙的那隻手上斑駁的指甲油，像殘像般印在視網膜上揮之不去。

——但是，到現在這種事早就已經習慣了。

所以我以自己的方式，施展對抗她「噁心」的魔法。不管她說什麼，我都想著：「反正就是這樣。」

我的工作方式，永遠跟她不合拍。反正就是這樣。

然後，我是她的屬下，她是我的上司。只要她下令，我當然要聽從。反正就是這樣。

沒事的，沒事的。完全沒問題。

因為，反正就是這樣。

就這樣，雖然難受也要掛著笑容。「就算硬撐著，也要嘴角上揚露出微笑，這樣就能獲得幸福。」這不知道是誰說的。

毫無根據又模糊不清的一句話，卻是軟弱無力的我的鎮定劑。

老實說——每次這樣安慰自己的時候，我胸口深處就覺得有某種黑暗黏稠的東西蠢蠢欲動。勉強壓抑下來，然後試圖說服自己說：「沒事，這沒什麼大不了。」這點自覺我還是有的。

我一面用這種想法來逃避現實，一面一言不發地微笑著；鈴木主任故意用力嘆氣。

「真的，因為妳是約聘員工，所以就可以這麼輕鬆？這樣業績惡化下去，受害的可是我們正式員工啊。請妳好好當成自己本分的工作來做。」

是。業績惡化的話，我跟主任這種正式員工不一樣，是隨時可以立刻解聘的，所以我當然非常努力。我忍下真心話，微笑著說：

「對不起，我會注意的。」

沒關係，沒關係，這種程度沒事的。

現下這個世道，有工作就該偷笑了。

強行微笑讓我眼皮直跳，耳根底下下巴的肌肉拉扯到有撕裂的感覺。

——「那就這樣，拜託啦。」鈴木主任拋下這一句去休息了。不料我卻聽到有人抱怨的聲音。應該是完全沒打算壓低音量吧。

「喏，剛剛的聽到了嗎？只說對不起，真丟臉啊～但是，真的很討厭呢。那個孩子，不管人家說什麼都嘻嘻笑。我們每天累得要死，她有想努力工作的意思嗎……」

就是這樣。就是這樣。反正就是這樣。

我又努力抑制著負面的情感，手上蓄了力。胸中像是沸騰的鍋蓋咔嗒咔嗒地跳動，我轉開了視線。

＊

鈴木惠里香主任，是在這個部門待了很久的主管。也就是「大內總管」一樣的人物。

三十九歲，未婚。喜歡穿遮掩肥臀設計的長衫，浮腫眼瞼下的眼睛，眼角微微上揚。

幾乎沒有化妝的臉上，像是臨時起意塗上鮮豔粉紅色的嘴唇十分突出，讓人覺得那彷彿是別的生物一樣。

第一次見面時，我有種「這人看著怎麼有點凶相」的感覺，但立刻慌忙勸誡自己「不可以這樣以貌取人」。沒錯，那只是一開始的印象。我現在稍微修正了看法，認為人的個性多少是可以從外表看出來的。

然後就是雖然我在電視劇裡看見過，那種好像畫中才會出現的「大內總管」似的言行舉止，讓剛進入公司的我不知所措。

比方說，在文章的草稿上寫「這裡修改一下」，我照著修改了，她又說：「我還是不喜歡，用原來的吧。」把原來的稿子交上去，又「不知怎地」方針改變了，叫我從頭來過。如此這般。

不是，這有點……是不是太過分了呢？

還有一點是我很介意的。一再修改的只有我一個人。我本來以為是因為我經驗不足，所以就在交出去之前讓前輩先看過，但還是不行。不管是多小的地方，都能被挑出毛病來，然後說「這樣根本不行」，再度丟回來給我。每次都這樣讓我不禁懷疑，她是不是故意的啊？

我們公司沒有加班費。正確地說來，正式員工有加班費，約聘人員沒有。但要是要做到所有要求的話，當然沒辦法在下班前完成。能夠準時下班只有第一天。然後就是七點變成八點、八點變成九點……一直這樣下來，不知何時變成了基本上都得下班趕最後一班電車了。不，能回家可能還算是好的也說不定。

忍耐著這種工作永遠都做不完的惡性循環，進公司還不到兩個月，我就開始覺得自己撐不下去了。

當時我還相信能跟她溝通講理，會試圖跟鈴木主任交涉說：「為什麼呢？」「能怎樣改進嗎？」

毋寧說，要是我有不足的地方，或是哪裡有錯的話我很想改進，好不容易找到的工作，我當然希望能讓自己愉快一點。

然後也是在這個時候，我遭受了強烈的反擊。

想忘也忘不了——某位料理研究家的特輯稿子，毫無意義地一直要我反覆修改的時候。

稿子離校對截止只剩下三天。即便如此，她一再說「總覺得有點噁心」，讓我不斷修改，而且我稿子還沒有讓接受採訪的老師看過。印刷廠跟老師都打電話來關心了。焦躁無奈的我跟鈴木主任哀告：「這樣下去會來不及啊。」

接下來她的行動並不是反省自己的所作所為，而是把我叫到同一樓層裡的小儲藏室。我後來才知道，那裡通稱為「說教房間」。

——「妳給我差不多一點！妳是約聘員工不是嗎？！連照著人家教妳的去做都辦不到？！要是做的事情等於沒做，那妳明天就不用來了！」

房間門關著，主任橫眉豎目大聲怒吼。我有生以來第一次被人這樣痛罵，而且還不是親人。嚇得我大氣都不敢出。

被嚇到之後，湧上喉間的「但是」，都吐不出來了。

順便一提在那之後，有個用同情的眼神看著我的同事這樣跟我說了。

——「鈴木主任啊，是會挑目標的。」

我茫然說不出話來。她再度解釋。

——「妳運氣不好啊。那個人會挑一個看起來比較好欺侮，或者是立場比較弱的人，叫到說教房間裡去發洩自己的壓力。這是她的生存意義。然後就是交上工作的時候她不予理會，或者是拿妳跟別人比較，非常明顯地對妳不友善之類的。」

我倒抽一口氣。因為她說的每一項我都經歷過。

主任一切的言行舉止可能都是故意的，我承受的是無理的暴力；這些我竟然傻到從來沒有考慮過。我為自己的天真感到羞愧。

但是，為什麼這種公然欺壓的行為可以被允許呢？對方好像看透了我的疑問，進一步解釋給我聽。

鈴木主任雖然性格上有些難以相處的地方，但工作非常有效率，編輯經驗也豐富。所以據說前任總編，以「基本上全權委任」為條件，從別的部門特別把她挖過來的。然後現任總編因為負責跟別的大雜誌編輯部門的合作企劃，通常都不在公司。因此主任繼續一統江山，只要沒有明顯的業績下滑，或者是犯錯被懲戒，她做什麼都沒有人管。

原來如此。我聽完啞口無言。她拍了拍我的肩膀，笑著給我打氣。

——「現在她好像挑上了荻原小姐。但是，沒關係的。等她厭倦了，就會找別人當目標的。在那之前妳就忍耐一下……」

然後安慰我的那位同事，幾天之後就不在公司了。是被開除還是自己辭職的，並沒有人告訴我。

……但是也罷，反正就是這樣。

工作不可能有輕鬆的。積極正面。積極正面。

朋友們常常說我是「悠閒的山羊」。用這樣的態度應對，鈴木主任的言行舉止就更加惡化了。我每天都被叫到說教房間裡，在只有我跟她的狹小空間裡被大聲斥罵。

——「這個企劃非常重要喔。不是說了不管其他的工作這個優先嗎？妳小學沒學過要好好聽別人說話嗎？」

——「什麼？這麼難看的字體……妳的審美觀是怎麼回事。聽說妳會設計所以才聘用妳的，真是大錯特錯了。這是詐欺啊，詐欺啊。」

……我只是偶爾被她選中，等她膩了就會放過我。然而事實卻正相反。主任的態度始終沒有改變。在說教房間裡罵人，平常無視我，讓我反覆做同樣的工作，開會通知故意不發給我等等，各種陰險暗招層出不窮。

要是我態度堅決的話，事態不至於演變成這樣。這我雖然明白，但要是她說：「好吧那妳不用來了。」這樣有麻煩的是我。要是辭掉這裡的工作，我就無處可去了。因為……這是我好不容易找到的，「真的能做編輯工作的職場」啊。

而且要是媽媽知道我沒了工作，一定會擔心的。讓她咬牙從鄉下把我送進東京的大學，然後又留在東京不回去的，也是我。

啊啊，好想吃媽媽的煮魚啊。

在那個瞬間，令人懷念的笑容從我腦海深處浮現。胸中不禁一陣酸楚。

要是回老家的話，媽媽一定滿面笑容地歡迎我吧。

但是，要是現在回去的話。不，就算是打電話，只要聽到那溫柔的聲音，我一定會想依賴她的。積鬱已久的心會就此分崩離析，再也沒辦法重來了。

這一定是讓我更加成長必須的試煉。

——就是，這點小事不算什麼。

畢業之後，我去媒體相關和出版界等地方面試過一百多次，沒有人聘我當正式員工，但我沒辦法放棄夢想，沒有隨便找個地方去上班，而去了派遣約聘員工的公司登記。

但是，不管是哪裡的公司都只是頂個編輯的名頭，工作都是合約之外的雜務，我沒辦法待下去，就換了好幾個地方。

然後在這家出版社，也已經是第二個冬天了。

對，第二年了。時間快要到了。想到時期的問題，我果然又覺得心情沉重。

約聘員工因為法律規定，不能在同樣的公司待超過三年。要是想繼續留下來工作，就必須轉成正式員工。只不過，我們出版社幾年以前就停止雇用新人，改為雇用已經有實際經驗的派遣員工，轉為正式人員。不管好還是不好，早一點的話下一次年底更新，最晚再過將近一年，我的命運就決定了。

在這個編輯部，鈴木主任最有發言權。要是想待在這裡，就不能忤逆她。她是我的直屬上司，也就是說——對我而言，她的命令就代表公司。

只要忍耐一下就好了。忍到主任更換目標就好。

只要熬過去就好。到我決定能不能在這家公司變成正式員工之前。

就是這樣。一切都是為了我將來的幸福做準備。只要這樣想就好。

不管被罵的原因有多離譜，每次都好好找到理由，下次靈活應變就好。只要活下去，就能前進到下一個階段。只要活著，就有好事發生。所以，沒問題。沒事的。對，一定，只要，再一會兒……

……真的嗎？

然而，突然之間，一個不注意——好像開關一樣。現在我活著在這裡，這個事實，會有瞬間讓我想放棄。

做人，是必須這麼努力這麼辛苦才能活下去嗎？我會這麼想。

如果是這樣的話，那就不要努力了吧。之類的想法。

分明不應該這樣想的。

我輕輕搖頭，按著椅子站起來，低矮的天花板好像要壓在我頭上似地。這間辦公室是有點年代的大樓重新裝修的，入口大廳是古舊的大理石，外面有獅頭造型的飲水處——現在已經沒有水了——看起來就很有歷史感。

這個天花板好像也是特徵之一。而且為了安排電腦管線等等，還把地板架高了。覺得很稀奇很有趣的同時，我也有點喘不過氣來的壓迫感。可能是通風不好，辦公室裡很悶還有霉味，呼吸的時候都覺得氣管跟肺都要堵住了。

「這樣您覺得如何？」

我拋開跟業務無關的雜念，重振精神，把修正的文稿交給鈴木主任。她的座位在我隔壁的隔壁，是並排桌位的最前端。從那裡小組所有成員一覽無遺，方便監視。

鈴木主任好像什麼都沒聽到一樣，不僅沒回答，眼神甚至沒離開過電腦螢幕。這種時候，只能默默地等待。以前等得不耐煩一再叫過她，結果被叫到說教房間裡大罵：「吵死了！！都是妳害我好不容易想到的文案點子都沒了！」我學到了教訓。

等待。像在雨中等待主人指示的狗一樣。希望她能夠厭倦渾身濕透的狗在旁邊一直蹲著，隨便扔點狗糧。我只默默地站著。

我大氣都不出地站了一會兒，鈴木主任終於望過來，深深嘆了一口氣，從我手中扯過排版圖。

「其實還是挺噁心的……但就這樣吧。反正妳是說了也改不好的。讓採訪對象確認吧。」

「知道了。」

我微笑點頭。

這個人，不管你交出怎樣的稿子，怎樣修改，也絕對不會說「這樣比較好」。到目前為止我得到最大的稱讚就是：「喔，這也算合乎企劃的方針了。」

老實說，那個時候我的動力已經被消磨得差不多了，但是我心想：「上司指出我做得不好的地方，應該要感謝她才對……」我是不是真的做得不好，上司挑的毛病常常很奇怪，這暫且不論。反正要是不這麼想的話，根本幹不下去。

「還有，那個活動參加者的資料輸入了嗎？不是說了做完之後立刻放進雲端共享檔案夾裡嗎？」

「啊，那個。」
我之前就注意到了，這不在合約的工作範圍之內……但我什麼都沒說。這也不是第一家這麼要求的公司。而且如果這麼說了，肯定會出現一擊必殺的致命武器：「那妳明天開始就不用來上班了。」所以我不說話。
「我今天會做完。」
我點點頭。想繼續在這裡工作，就不能露出不滿的樣子。得識時務才行。微笑微笑微笑。
……勉強的笑，讓我覺得面頰好像要抽筋了。
「只不過是輸入資料而已，要花多少時間啊。從妳的出身來看可能是沒辦法的事情，但這裡是東京，用鄉下烏龜的速度做事會造成大家的困擾。」
「好的。」
「憑妳這樣還想當正式員工，別笑死人了。」
「……是。」
能有工作，就要偷笑了。只要能做想做的工作，就好了。
我在心裡拚命默唸，極力壓下胸口深處不安的違和感。我盡量假裝什麼都沒看見。

「荻原小姐，妳沒事吧？」

坐在我旁邊的女同事——森前輩擔心地問我。前輩燙過的頭髮綁在臉側，戴著黑框眼鏡，她從我來公司之後就很照顧我。

「不要太勉強喔。本來處理跟個人情報有關的資料，就不是荻原小姐妳的工作啊……這應該是松尾的業務範圍好嘛！為什麼要推給荻原小姐，真是搞不懂。寄來的明信片量太多了，一個人處理不完啊。」

她趁著鈴木主任不在位子上的空檔，悄悄在我耳邊說道。

「荻原小姐一直都是主任鎖定的目標，但是也已經很久了啊……那個人，只要是比自己年輕的，全部都當成敵人。要是還可愛的話，那更是苦大仇深不共戴天了。公私不分非常過分。這給我一半吧，我幫妳。」

森前輩溫暖的關懷，平撫了我受傷的心靈。

「多謝您。不好意思，我沒事的。」

其實我真的很想依賴別人，但她的桌子上堆著比我多出將近一倍的工作。森前輩雖然是有多年經驗的前輩，但她不僅是約聘員工，手頭上還接其他出版社的外包工作，加班也沒有加班費，要是幫了我的忙，說不定也會被鈴木主任盯上。所以我沒事的。完全沒事，一點也不辛苦。毋寧說不應該讓好心的同事替我操心。

加油吧。不加油不行。

雖然心裡這麼想，但最近我每天有了固定的習慣。

我會突然看著上方——正確說來是天花板，一直盯著看。

辦公室的天花板是水泥的。好像是對有名的建築師致敬的設計，重新翻修的時候，可能是「外表雖然有年代感，但內部是近未來風」的方針也說不定。灰色的平面上有著不透明的深灰色管線，其中有一條特別明顯的粗大樑柱。

樑柱就在鈴木主任座位的正上方。不僅如此，在頭頂上還打進一個看起來很結實的大鉤子。鉤子的尖端有點生鏽，就算**吊著很重的東西**，應該也毫無問題。

這要是用來掛時鐘或海報的話，位置有點不太對，到底是誰為了什麼安裝這樣的鉤子，完全摸不著頭腦。可能是在重新裝修之前就有的。

為什麼一直盯著它看呢？在看著的瞬間，其實腦中閃過一個念頭。

雖然原本的用途可能並不是要掛上什麼東西就是了。

——「用來上吊的話，倒是非常適合呢。」

＊

要是在那裡上吊，會怎麼樣呢？

——一開始這麼想，但我立刻回過神來，嚇了一大跳。

笨蛋。笨蛋。胡思亂想什麼啊！我焦躁起來。

沒想到，會有想這種事情的一天……自己都嚇到了。

結果那時我安慰自己是一時多心。

比方說，跟高樓往下看，會突然想到「要是掉下去會怎樣？」之類的，或是電車開進月台的時候，覺得「現在跳下去如何？」這樣的誘惑一樣。只是毫無來由的一時「鬼迷心竅」罷了。

但是，一旦說了出來，「要是在那裡上吊」，最後變成了——「想試著在那裡上吊看看」。

這種嚇人的願望，是什麼時候在我心裡生根了呢？

成為契機的那件事，我想忘也忘不了。

＊

事情要從一年多前說起。

那是我自己提出的連載企劃，第一次能夠聯合署名的時候。內容是——順應季節輪番介紹全國鄉土料理的特集專欄。標題就是：『日本鄉土料理，全國走透透』。我非常想做這個企劃。

這個點子來自媽媽的紅石斑煮魚。大學時朋友問：「紅石斑煮魚？從來沒聽過。」那時我很震驚。但反過來一想，這不是讓大家知道的好機會嘛。既然大家是同胞，有著共同的語言，不知道那麼好吃的東西，實在太可惜了！這麼一想，就令人坐立難安。

話雖如此，和投注在企劃上的心血和堅持相反，提案要通過就很難了。我本來是要放棄的。因為鈴木主任喜歡的是名廚的秘藏食譜集這種華麗的內容，而且我還是她針對的目標。當時本來我就算有自己的連載企劃也不奇怪的，但總是被派去當別人的助手，交上企劃書，「這種淺薄的玩意只是浪費紙張而已」，連看也不看一眼就扔到垃圾桶裡。

「這個，可以做喔。」

但是，那個時候不一樣。後來我才知道熱門連載的法國餐廳主廚沒辦法交稿，剛好版面上開了一個天窗而已。

「老實說，這麼老土又窮酸的特集，應該是不合我們雜誌名流高層的主婦讀者群的胃口的，但現在也顧不了這麼多了。」

「……好的！非常感謝您！！」

雖然不是放手讓我去做，但自己提案的連載企劃第一次通過，實在太開心了。而且主任那時候好像心情很好。還說了這樣的話。

「要是順利能夠長期連載的話，或許妳可以轉成正式員工也說不定。」

「！」

那個瞬間，我的心臟怦怦地跳了起來。

正式員工？這是我作夢也沒想到的。因為我年紀已經不小了。一直都是約聘員工，每個年度結束時都擔心被辭退，快要三年提心吊膽的生活就可以結束了。

我和鈴木主任之間的關係確實讓人在意，但工作能做「想做的事情」，就已經非常幸運了，這我有深切的體會。

同時我也對鈴木主任的性格有了一點改觀。

我一直以為她故意挑我毛病，但她其實可能滿通情達理的？在此之前她的各種無理要求，可能只是要鍛鍊不成熟的我；同時也是為了守護她工作了這麼多年的雜誌而已？……我這麼想著。

我臉上泛起喜悅的紅暈。鈴木主任把企劃書塞回來，將我拉回現實。

「只是萬一而已喔？」

——然而——

幸好這個企劃超乎鈴木主任的預料，讀者問卷調查也深獲好評。此外，有名的料理研究家在自己的部落格上提了一筆，在雜誌中也滿受矚目的。

更有甚者，我自己一個人寫的稿子，因為受歡迎的緣故，越來越受到重視，甚至在編輯部裡召開了討論會議。主要負責人當然是我。

這第一次的成功，讓我對在這家公司的未來充滿了希望。

——時序進入四月，在這裡第一年結束的時候，我的約聘契約更新了，讓我更加期待。

這樣順利地進行下去，可能就跟主任說的一樣，能夠轉正也說不定……不如說，第二年也繼續雇用我，那等到第三年的時候，可能就不是更新約聘契約，而是正式雇用我了。

鈴木主任仍舊對我很壞，當然我不是不難受，但沒有以前那樣覺得走投無路了。

就在我覺得一帆風順，前途一片光明的時候。

櫻花凋謝，到了杜鵑花盛開的季節。

順風變成逆風是在大約半年前，繡球花開始枯萎的時候。

「荻原小姐，妳以後不用出席這個專欄的會議了。」

「咦……？」我跟平常一樣把下一集的草案交給鈴木主任的時候，她這麼跟我說。我睜大了眼睛。不用說，她講的是『日本鄉土料理，全國走透透』。突如其來的這句話，讓我不知所措，充滿了驚愕和疑問。

「可、可是這個專欄企劃，是我想出來的……」

「這個啊，一開始是啦。但是呢，已經發展得很成熟了。我這個主任決定了就是這樣。不要我再多說了。妳在這裡已經幹了多久了啊？」

話雖如此，但這個專欄是特別的。是我特別費心費力的啊。

預算少得可憐，因為還要跟其他工作一起進行，所以時間也根本不夠。試吃費用、旅費跟研究費也幾乎都是自掏腰包，利用休假日到鄉下去採訪，生活十分拮据。這個企劃專欄對我就有這麼重要。真的，非常重要……

「那這個專欄就這樣了。叫什麼來著，哎，『全國各種鄉土料理』。妳回自己位子上去吧。」

她連標題都搞錯了。顯然稿子內容什麼的更加無所謂。事情突然變成這樣，我頓時說不出話來。突然間，彷彿有又鹹又甜的煮魚香味飄過鼻尖。

我希望我的專欄不要被搶走。

我得守住才行。這個一定要守住。我心中那溫暖又貴重的結晶，請不要搶走。拜託了。

「那個……！」

我緊張得心臟怦怦跳。鼓起勇氣，想把哽在喉間的抗議設法吐出來的瞬間。

「這個明天開始就交給松尾先生了。喏？」

主任從我手裡搶過專欄草案，輕輕笑起來，然後瞥了坐在斜對面的松尾先生一眼。

「……咦？」

三十四、五歲的松尾先生被主任提及，抬頭對她一笑，微微點頭說：「好的。」同時還對我揮手：「那就這樣，拜託啦。」

松尾先生跟我不一樣，他是正式員工，喜歡室內五人足球的運動型男士。他有家室，但最近好像跟太太處得不好。鈴木主任知道這件事，所以口紅塗得更厚，猛刷睫毛膏，平常穿的套衫上有了裝飾品，還跟松尾先生眉來眼去的。鈴木主任的各種示意，松尾先生也頗為配合，這是編輯部裡大家都傳遍了的事情。

他們之間的關係有沒有進展到出軌的地步並不清楚，松尾先生八成也是為了自身的利益，利用對男人飢渴的鈴木主任吧。其他的同事也都是這麼想的。這種常見的「只有本人被蒙在鼓裡」的情況，我在那個瞬間不知怎地才「啊，原來如此」地醒悟過來。

突然間——我死命擠出來的那一點勇氣，就像受傷的葡萄一樣，變成一灘爛泥墜落在地。正要出口的抗議連聲帶都沒振動，就這樣消失了。

因為反正沒有用的。

鈴木主任想讓「關係親密」的松尾先生立功。順便贏得松尾先生對自己的好感。

然後她選擇的手段是「奪走我的工作」。

把我已經累積了一定人氣的專欄，趁熱轉交給松尾先生接手，這樣鈴木主任跟松尾先生的交集增加了，他也會對主任感恩戴德，一石二鳥。應該是這麼打算的吧。

……哇喔。

胃食道逆流般的灼熱感，像黏膩油滑的肥肉一樣揮之不去的感覺。無法言喻的無力感淹沒了我。

媽媽的聲音。又甜又鹹懷念的煮魚滋味。

以及拚命調查找尋的罕見鄉土料理。

得知正月的時候有人在雜炊裡放紅豆麻糬的時候，心裡很是激動；除了網路跟書籍之外，還去聚集地方料理直營專賣店的地區購買材料，要寫稿子的時候就直接去當地採訪——

這一切的一切，全部都被指甲油剝落的手捏碎了。

「因為荻原小姐妳難得負責了新連載，但是根本不能準時完成任務啊。我這不是替妳減輕了最大的負擔嗎？妳反而應該感謝我呢。」

鈴木主任再度說道。……她憑什麼這麼說啊？不能準時完成，不是因為妳把根本不該我負責的資料給我處理，應該外包的設計業務都丟給我嗎？

開什麼玩笑啊？

這是怎麼回事啊？

要是能說出來就好了。

因為，啊啊。不能被感情控制，大喊大叫。我已經不是小孩了，也累積了社會經驗。我夠成熟，知道公司和職場需要的是好用的員工，而且已經是第二年的約聘員工了。第二年到第三年的時候，為了不抹滅那萬分之一的可能性，現在、現在、現在、一定要忍耐。

已經比小指尖還細的希望火焰，雖然溫暖，卻毫不留情地變成了不定時炸彈，堵住了退路。

「……我知道了。」

我露出微笑。

我只能笑了。面頰似乎都要痙攣起來，嘴唇和舌頭都顫抖發麻，然而我必須得笑。

一面笑，我一面想著。

——啊，真想死啊。

我想死。

「那，就這樣吧。我可很忙呢。這件事就這樣了喔？明白了的話，就不要在這裡拖拖拉拉浪費時間。妳不可能有空的，趁早開始其他的工作吧。」

我望著鈴木主任塗著鮮豔口紅的嘴唇像紅色的蚯蚓一樣不斷蠕動，一面感到一陣衝動像閃光一樣竄過脊梁。

這個女人的。

鈴木的辦公桌上方的，那根樑柱上的鉤子。

要是在那裡上吊，會怎麼樣呢？

——「小麻里」。

媽媽的聲音，非常艱辛地幫忙壓抑住我胸中沸騰的黑暗衝動。

然而沸騰到邊緣的東西，就算極力壓下，仍舊好像要滴滴答答地滿溢出來。

＊

在鈴木主任的座位上方，上吊自殺。

這個念頭一旦浮現，只要有點什麼狀況，就會不停地反覆出現。

更有甚者，自從負責人換成松尾先生之後，雜誌的讀者問卷調查中『日本鄉土料理，全國走透透』的人氣立刻下降了。看見「文章和內容都很粗糙」、「採訪太淺薄，感覺稿子的熱情都沒了」之類的讀者回饋時——雖然真的有點不道德，但我很開心。這表示真的有人認真地看我的專欄。

鈴木主任彷彿看穿了我不懷好意的喜悅，對我的態度越來越惡劣。我每天都在說教房間裡聽她怒吼，一面極力逃避現實。

「喏，荻原小姐，妳昨天因為生理痛早退了，那不是生病，是嬌氣知道嗎？

生理痛只要是女人都會有的啊。」
「您說得對，非常抱歉。」
想到死的時候，我的頭腦就會特別冷靜。在無理的斥責中都能覺得心情非常平穩。
要是死了的話，可以怎麼樣呢？
比方說，把寫著「都是妳的錯」這種充滿怨恨的遺書，用影印機印一堆，撒在辦公室的地板上。
「太慢了！荻原小姐，妳連這種事都不能快點做好嗎？！」
「好的，非常抱歉。」
然後就是，什麼時候死比較好呢？
要是有人阻止的話，就沒法成功了。那就一大早比任何人都早來辦公室。要不然就是深夜，在空無一人昏暗的空間從容地實行吧。
「荻原小姐，這種花荷葉裙，晃來晃去的很難看喔。不要穿輕浮的衣服來公司可以嗎？還有，就算是透明的，搽指甲油也不行。辦公室可不是相親的場所。」

「好的，我會注意。」

我搜索過了。應該怎樣上吊。能夠承擔一個人的重量的結實繩索。套在脖子上也解不開的繩結打法。

用大拇指滑過手機的畫面，叫出見慣的瀏覽器時，我覺得堵在氣管裡的東西似乎不見了，呼吸稍微輕鬆了一些。就像吃藥一樣。這也沒錯。因為，死亡就是靈藥。不管是什麼病痛，不管有怎樣的煩惱，最確實的解決方法，就只有一死。

之前為了『日本鄉土料理，全國走透透』，手機上搜索的鄉土料理紀錄，不知何時都被「上吊自殺」、「屍體」、「污穢」、「沒有痛苦」、「自殺方法」等詞彙所取代。發覺自己拚命吸收不知不覺間搜索的這些情報時，我感到絕望萬分。關於上吊自殺，我應該比公司裡任何人都瞭解了。另一方面，現實中的我一心只想死，然而卻不實行，只能唯唯諾諾地在鈴木主任的淫威下苟延殘喘。

「荻原小姐，我已經說過多少次了，不要露出這麼疲倦的樣子出席會議可以嗎？還有衣服不要這麼皺，太丟臉了。妳要這樣混到什麼時候？有名的料理研究家跟主廚都會來辦公室的。那麼重要的客人來的時候，讓人家看見妳這種不像話的樣子，連我們都抬不起頭來了好嗎？」

「非常對不起。」

……要是死掉的話，會怎麼樣呢？

說有死後的世界，靈魂不滅什麼的，這我是不相信的。所以我死了之後，這個沒有我的世界上，只剩下我的空殼了吧。

那個空殼，要是送進火葬場，立刻就會變成骨灰吧。這樣的話，既然最後都是要改變的，那就盡量變成慘不忍睹，讓人無法正視的嚇人屍體比較好。

不知道是從哪裡得知的。據說上吊自殺是屍體裡特別污穢的。我調查了一下，那是因為死了之後全身的肌肉都鬆弛了，所以身體裡什麼東西都會流出來。也就是說，遺體毫無例外都是骯髒的。要是死在醫院裡，遺體沒那麼令人厭惡的話，多半是事前把出口堵塞住，花了一些令人感淚的功夫所致。

只不過，打心底想死的時候，就不是「隨便說說的自殺」，能確保死亡機率最高的，好像就是上吊。我有割腕自殺的人沒死成的印象，但好像沒聽過上吊自殺者救活的。

但要是上吊沒有死，也會留下嚴重的後遺症。所以要是實行的話一定要成功，非得慎重不可。

仔細地東想西想，一面繼續搜索的時候——突然摸著手機的指尖碰到了光滑的布料。

我把手機翻過來，看到塑膠手機殼上面朱紅色的護身符。能夠放在手上傳統的平坦小護身符上面，用金線刺繡著「除厄」兩個大字。

我用手指撫摸著絲綢的表面，想起得到這個護身符時的事情。

大學入學考試的前一天，我和媽媽一起來到東京，到住處附近的神社參拜。那是一個名不見經傳，據說能切斷孽緣的小神社。

我媽媽幾乎沒有離開過生長的地方，被東京這個大都會嚇到了。當然，我自己也不好說別人。

媽媽擔心我自己一個人在東京生活，為了防止我碰見變態或小偷流氓，買了這個除厄的護身符給我。據說護身符的有效期限是一年，但我沒有拿回去，現在仍舊貼在手機背面。

非常擔心我會在住不習慣的大都市遭遇變故的媽媽。為了我不惜粉身碎骨，盡全力將我養大的媽媽。

之前我試著跟她說過編輯的工作內容，她笑著說聽起來好難她完全不懂，但心裡應該是相信我終於在東京實現了夢想吧。
要是我死了，媽媽一定會非常難過的。
不是一定，是絕對會。
——這樣勸說自己的聲音，隨著時日過去越來越小聲。這也就是說，我的心態也日漸崩壞。我沒法不這麼想。就這樣衰敗下去，零件紛紛掉落，最後分崩離析的話，那個時候，我會變成什麼樣子呢？
「還有，這裡。滿噁心的，重做。」
「我知道了。」
我夢想著。
我死了之後，留下來的軀殼是什麼樣子。
黑紅的顏色。爆出來的眼珠子。無力的四肢。從口中溢出的嘔吐物。衣服被失禁弄髒，布料無法完全吸收，滴滴答答地往下落。
辦公室滿是難以形容的屍臭。嗡嗡作響的大群蒼蠅。流下來的排泄物，一定會把鈴木主任的辦公桌和文件，私人物品和電腦搞得一塌糊塗吧。
看到這幅景象，加上滿地的遺書，應該會有好一陣子吃不下飯了。

自己做了多麼殘酷的事情。就算是她，也應該多少反省一下吧……

＊

那天早上，跟平常沒有任何差別。

我到了公司，瞥向辦公室最裡面，不禁眨了眨眼睛。平常都空著的大辦公桌後，坐著總編輯。

在別的——而且是在我們出版社主力時尚雜誌的姊妹雜誌兼任的總編輯，很少在這裡露面。我幾乎沒跟他說過話，他年過五十，臉上帶著慈祥的笑容，看到我的時候總是親切地說「小荻原」，我對他的印象是覺得他不是壞人吧。雖然以忙碌為由，讓鈴木主任為所欲為的人就是他。

即便如此他出現也很稀奇。是有什麼特別的大事嗎……我想了一會兒，啊啊原來如此。我想起來了。

這個週末，我們雜誌要主辦一場大型的料理活動。慌忙舉辦的活動要訂會場，還要跟前來示範菜色的主廚協調、募集試吃區的參加者等等，同時還要進行平常的工作，十萬火急地準備，總算設法安排得差不多了。

五天之後活動就要舉行了，當天要分發的小冊已經印好，必須事前申請的參加料理教室的人員抽選結果也都已經發送了通知。現在只要等活動開始就好。

話雖如此，那只是我負責的部分，編輯部其他的員工必須商討會場相關的各種繁雜事務，今天幾乎全體都出去了。我也因為必須搬運相關資料和其他準備工作，而必須在活動前一天就去。

總編應該是來跟鈴木主任最後確認當天的行程表吧。我自己任意這麼以為，心想應該要先去問好，就走到他的辦公桌前。

「總編輯，早安。」

本來在閱讀資料的總編聽到我的聲音，抬起頭來應了一聲。

「早安啊小荻原！我聽說了。謝謝妳啊。聽說妳自己出錢設計印刷了料理教室活動當天現場分發的小冊？」

「……咦？」

「這次活動，預算本來就不多，能夠節省真是幫了大忙了！」

「活動……當天分發小冊的……設計和印刷……嗎？」

這是，在說什麼？

作夢也沒想到會聽到這種話，我眨著眼睛。

「咦？不是嗎？本來應該是外包處理的，我聽說是小荻原自己說『我很擅長設計的軟體，請讓我來做』。是這樣的吧？」

最後的那句話，總編探出身子，好像是在跟什麼人確認。

我戰戰兢兢地轉過身——他看的是鈴木主任。

「是啊，總編輯。……荻原小姐，現在妳還說什麼呢？不是這樣的嗎？一開始就是妳自告奮勇的啊。」

鈴木主任接著總編的話，死命瞪著我用力點頭。

「難道妳現在要說妳沒辦法做嗎？」

「等、等一下。這件事我完全沒聽說過啊！」

我慌忙地說。

真的，簡直是晴天霹靂。

「哎？因為鈴木說——」

「啥？妳在說什麼啊？」

鈴木主任好像想阻止皺著眉頭的總編輯繼續說下去，不快地扭曲著面孔。紅色的嘴唇嘴角下撇。

「雲端硬碟裡妳的工作檔案夾可有工作資料啊，妳可不會要說妳沒確認過吧？」

我慌忙到自己座位上，站著就把電腦打開。我開啟了鈴木主任會把雜務丟給我處理的雲端硬碟檔案夾。我點擊桌面上的檔案夾捷徑，裡面真的有一個新的壓縮檔案。……真奇怪，我總是每隔幾個小時都會檢查一下的，昨天並沒有這個檔案。

壓縮檔裡面，是要在週末活動上演講的主廚和料理研究家們寫的當日小冊內容。此外還有一個應該是鈴木主任寫的指示檔案，「要在活動三天前，做出最符合當天的主題和各位講師形象的設計，然後印製成系列風格的小冊。」指定的印刷數量也大增。

而且，當天的講師，從日本料理、法國廚師、西洋甜點到家庭料理，總共有八人。他們送來的當天介紹資料的草稿，保存形式跟撰寫的方式都不同，照片也多得數都數不清，總共有將近百頁。

這是什麼啊？

我不知道。第一次看見。

活動三天之前，也就是說大後天要能定稿送印刷廠發印的話，明天早上必須完成設計把資料交出去才行。我確實會使用設計的軟體，主任偶爾也會叫我做這些雜務，但我絕對不是專業的設計人員，能使用的素材也少得可憐。

這種分量，不外包，要自己做？——這是不可能的啊。

突然之間血液都從腦袋流到心臟一樣的感覺，讓我不禁開始搖頭。

「……我、我……真的，不知道這件事……！」

我面色蒼白，輪流看著總編輯和鈴木主任。

「哎喲，鈴木……這樣沒問題嗎……？」

總編輯露出驚訝的樣子，皺著眉頭問道。就在此時，旁邊有個聲音說：「不是，沒錯喔。」我嚇了一大跳。

那是松尾先生。現在唯一在場的就是他。他坐在椅子上，靠著椅背，手肘撐在桌上，只有上半身轉向這裡，嘴角上掛著微笑。

「我看見了喔——？鈴木主任拜託荻原小姐的。應該說，本來一開始是要打算外包出去，荻原小姐阻止了主任，自己說：『外包出去浪費經費，我來做吧。一定可以做得跟專業人士一樣好，請期待我的作品！』當時不是很有自信的嗎？」

「……什、什麼？」

「就算妳糊塗忘記了，但要說完全不知道，也未免太不負責任了吧？」

什麼啊？這是？這是怎麼回事？搞什麼啊？

這是在說什麼？為什麼會變成這樣？

我望向自己小組成員的位置求援，對了，今天大家都不在啊。沒有半個人能幫我。

一瞬間我以為真的是自己發狂了，忘記了自己說過的話。但是無論我怎麼想，還是想不起自己做過這種事情。

要是非有個解釋的話……我只能想出大概梗概。

鈴木主任跟松尾先生聯手，為了陷害我，故意把一定來不及的工作甩給我。

不，不應該是這樣的。主任也是在社會上打滾的人，就因為她公私混同非常嚴重，所以她應該也很以工作為傲吧。不至於做到這個地步。而且只是因為討厭我而已。但是從現況看來，事情就是這樣。但是。但是。怎麼會。竟然。

不管怎麼說，這都是謊話，一定是哪裡搞錯了。怎麼可能這樣，我不願意相信這麼純粹明顯的惡意，竟然真的是針對我的。

無處發洩的思緒在腦中迴旋，我有話要說如鯁在喉，但卻發不出聲音。胃縮成一團，嘴裡泛出酸味。我緊緊握住出汗的拳頭。

總編輯、鈴木主任和松尾先生三個人的視線全集中在我身上，我感到頭暈目眩。

——打破沉默的是鈴木主任。她用像貓叫一樣的聲音向總編徵求許可。

「總編，松尾先生都這麼說了。可能我跟荻原小姐，對工作進行的方式理解得不一樣吧。我會盡量想辦法的，請您繼續接下來的工作吧。」

「啊，嗯嗯。那樣也是可以的啦……」

「那就這樣了，荻原小姐。……妳過來一下好嗎？」

——她抬著下巴朝說教房間示意。我不由得吞嚥了一下。

她望著我的樣子讓人覺得非常難受。被蛇盯上的青蛙，說的就是現在的我吧。

＊

「荻原小姐？！妳到底是怎麼回事！！」

說教房間門在我身後關上的瞬間，看見憤怒得滿面通紅的鈴木主任，我腦中浮現的第一個念頭就是：「好像某家的麵包超人啊。」

我自己都覺得有點太過冷靜了，真是沒辦法。

「是妳自己提出要做的，到現在連一點進展都沒有，這是怎麼回事？！這樣的話當天分發的小冊來不及做好的話，要怎麼辦呢！這樣會給老師們帶來多少麻煩妳知道嗎？！這可不是把妳開除就能解決的！」

「但是……因為……我真的不知道啊……」

我忍不住用蚊子叫一樣的聲音反駁。

「這怎麼可能？！妳聽到松尾先生說的話了吧？！要是妳說不是妳自告奮勇的話，就拿出證據來啊？！」

她立刻大聲駁斥，我垂下眼瞼，只能囁囁嚅嚅地說：「那、那是……」

怎麼可能會有我沒有說過這些話的證據啊。太過分了。簡直就是惡魔的證明。

「不要跟小朋友一樣推三阻四，快點自己把設計圖做好，然後去印刷廠拜託人家在大後天之前印出來！聽到了嗎？！」

一面承受著無頭無腦的斥責，心裡卻一面忍不住萌生出懷疑。

鈴木主任……是不是今天早上，在我來上班之前，才把工作檔案傳到我那裡的？趁著今天沒有任何人能幫忙我忙的時候，跟松尾先生串通好，故意在總編輯面前陷害我的吧？

我將幾乎要脫口而出的疑問嚥回喉嚨深處，只是因為還懷抱著「就算這個人一直這樣，應該也不至於用如此幼稚的霸凌方式危害到公司業務」的理性，以及「邁向正式員工之路」這個跟詛咒一般的希望。

因為，如果我現在反抗的話，要是萬一我搞錯了呢？我最近確實太過疲倦，沒法否認腦袋不是很靈活。

我越來越迷糊了。因為主任竟然能夠這麼理直氣壯，對著我大呼小叫責怪我。沒有任何根據，能夠信口雌黃到這個地步。還有松尾先生的證言。出錯的難道是我的記憶，主任說的才對？

——我已經沒有力氣，也沒有自信判斷到底什麼才是真相了。

要是是我在不知不覺之間，跟別的事情搞混了，答應要負責這個任務呢？全都是我的錯，並不是他們在霸凌我呢？這樣的話我這個人的人品很有問題，對上司抱著不遜的懷疑，之前所有的忍耐都化為泡影了。

即便如此，我並不是承認了。「非常抱歉」這句話，我無論如何都說不出口。握緊的拳頭，像枯萎了一般漸漸無力。翻來覆去都是同一套的說教持續了一個小時之久。

「什麼，妳還看時間啊。妳覺得自己有這種權利嗎？」

我瞥向牆上的時鐘好幾次，立刻被鈴木主任瞪了。

「……那個，能不能現在外包找人做呢？我自己一個人，要在明天早上完成實在有困難。但是如果多找幾個人設計的話……」

我慌忙說道。——話說出口，我才發覺自己到頭來還是沒有否認她說的話。

「不要回嘴！！」

突然之間像是要把腦袋劈開的怒吼，讓我不由得縮了縮脖子。

「出錯的是妳！因為妳我們所有的安排都亂套了！預算已經夠少了，外包的錢要從哪裡來？！我還得替妳這個約聘員工擦屁股，別再讓我丟臉了！！」

「嗚……」

我覺得耳膜震得嗡嗡響。被她的氣勢壓得說不出話來。

「給我們添了這麼多麻煩，連『非常抱歉』都不說一句的嗎？！妳這個人真的一點常識都沒有啊！……妳犯的錯，我會好好跟上面報告的。**偶然**在場的總編輯，聽到剛才的話應該也已經知道情況就是了。」

……偶然啊。真的嗎？不是故意找他來的？

像暴風雨一般迎面襲來的斥責，讓事態自動惡化到不可收拾的地步。我的情感已經超過了負荷，出了差錯。我的嘴唇無法克制地扭曲起來。

這是錯誤之舉。

「妳笑什麼笑！妳沒有權利笑吧？！」

哐噹，鈴木主任打了置物架一下。文件跟檔案紛紛散落地面，我驚訝地倒抽了一口氣。

啪地響起刺耳的聲音。接著我的面頰火辣辣地痛起來。

她搧了我一巴掌。

我茫然地用手摀住漸漸腫起來的地方。

連我爸媽都沒有打過我。比起疼痛我更覺得震驚。

「啊，不、不是的……」

「什麼不是。妳給**大家**惹了這麼多麻煩，還好意思笑？！」

我知道要反駁是不可能的了。面頰可能是被她的指甲刮到了，開始覺得刺痛。要是繼續辯解下去，恐怕她還會動手打我。

「……我知道了。」

「哼，已經沒有時間了，一開始說『我知道了，我會趕緊做的』不就好了嗎？」

鈴木主任啐了一句，聳著肩膀走出了說教房間。

我束手無策地目送著她的背影。我放棄了掙扎，渾身無力。無奈無助的感覺讓我站都站不穩了。

——今晚要熬通宵了吧。

但是，就算通宵，來得及嗎……

「啊，真是受不了了。之前就覺得這個孩子不能做事，沒想到竟然這麼糟糕，而且剛才我說她的時候，她還笑了喔？啊啊真是噁心呢。幹嘛要雇用這種人啊。下次換約的時候絕對不續約了，我得跟人事部門說清楚才行！！」

鈴木主任離開說教房間，果不其然就開始破口大罵。她可能是對著松尾先生說的吧？不管是誰，都無所謂了。總編輯可能已經回到合作單位去了，已經不在辦公室裡。

然後從她抱怨的內容，就知道我「第三年合約更新」的希望已經蕩然無存。什麼啊，結果不管我忍耐還是不忍耐，根本沒有差別不是嗎？

我蹣跚朝自己的座位走去，一面在心裡不斷唸著魔法的咒語。

沒辦法。

就是這樣。

就是這樣就是這樣就是這樣。就是這樣。

「剛才你看見了吧？一直都是那個德行。非但不反省，還擺出一副自己才是受害者的樣子。真是難以置信。給大家惹了那麼大的麻煩，還能若無其事地待在這裡。」

充滿惡意的聲音根本就是故意讓我聽見的。我頭也不抬假裝沒聽見，她就明確地對著我叫道：「荻原小姐！」

「妳明白吧？這是**妳的錯**，要是沒辦法補救的話會變成什麼樣子。」

「……知道了。」

她刻意警告，我只能點點頭。脹痛的面頰還在發熱。

＊

電腦青白的光線在無人的陰暗辦公室裡，映照在我臉上。辦公室熄燈之後，我連重新開燈的力氣都沒有，在關機的各台電腦中，只有我的液晶螢幕還是亮著的。黑暗中滲出的藍光刺激著我的網膜。

在沒有空調悶熱的室內，我心想真奇怪，應該已經是變涼的季節了。這麼說來冬天已經過了一半了啊。街上已經開始掛著著彩色的燈飾。我發現自己已經無心顧及季節的各種特色。

我去年春天進入這家出版社，已經忍耐將近兩年了。

但是——我沒有得到任何回報。努力全部都是獨腳戲，我的希望都是幻想。我相信只要以高處為目標一定有成果而拚命努力，然而梯子卻被人撤走了。即便如此，我現在仍舊在這裡。……我到底在做什麼啊？

自己的手指咔嗒咔嗒地打著鍵盤，咔喳咔喳地點著滑鼠的聲音，微弱地反抗著孤獨的寂靜。印表機彷彿施以援手一般，嗡嗡地在空氣中震動。

即便如此我還是做不完。數量實在太龐大了，實在不知道該怎麼辦。首先用手上有的東西，然後找尋免費的素材，配合料理的形象、彰顯重點、均衡地配上照片……從零開始努力地做，但天曉得什麼時候才能結束，時間已經非常晚了……

今天晚上一定要熬通宵了，明天早上能完成嗎？

——當然，其他的員工早就已經回家了。

我甩甩頭，默默地繼續埋頭工作。

我垂下視線，看見蓋在膝蓋上淡粉紅色的喇叭花裙。哎喲，我穿著這個啊。我都沒注意到。這件衣服是我很喜歡的，但之前鈴木主任說了：「不要打扮得好像要去相親一樣來上班，太難看了。」想起這件事，我的嘴唇不由得扭曲了起來。

開什麼玩笑啊？腦中浮現的話語化成鈴木主任尖銳的聲音，在我腦袋裡響個不停。

我這個人……真是的。連這種時候都能犯錯。

全部都是我的錯。

鈴木主任的斥責，加上想到「要是她真的這樣陷害我」就讓我害怕；我放棄了追究真相，連思考都停止了。

被怒吼嚇退，沒辦法強硬地說出「拜託了，還是外包吧」的，也是我。雖然覺得一切都非常不合理——但還是像魔法咒語一樣不停地說，沒辦法，就是這樣；決定繼續在這裡工作的人，也是我。

總有一天會有辦法的。人生總會迎來豁然開朗的瞬間，擅自這麼相信拚命向前的也是我。

只要有信心，總有一天會有回報？一開始就不努力的人就不會成功嗎？

總有一天，是哪一天呢？沒有人能保證會成功，還能辦到什麼呢？看看現在這個樣子算什麼啊。造成現在這種悽慘又無力的現況的人，全都是我。是我不好。是我不好。全部一切所有都是。

都是，我的錯。

不是別人的責任。就是這樣。

我的腦袋裡好像起了霧一樣，一片朦朧。

我毫無意義地移動著鼠標，呆呆地望著圖像編輯軟體的畫面，一層又一層的圖像。色彩繽紛的版面，在眼前滲透般融化、分解，最後成為毫無意義的點和線的集合。

哭了嗎？我摸摸面頰，果不其然臉是乾燥的。嘻嘻，我又偷偷地笑起來。毫無意義的嗤笑。

也是啦。有閒空哭的話，不如想想該怎麼解決問題比較有建設性。

不能示弱的。

現在我的地位。工作。狀況。都是自己的責任。

是我，不好。

……是我。

不好嗎？

那麼——一直活到現在的我，在這裡活著的我。

都是，我不好嗎？

要是我不好，那是不是，重新啟動就好了呢？

因為，我真的很想放棄了。現在這個瞬間，我想放棄當我自己了。

我也不想在這裡當被人痛罵光幹雜事的約聘員工，而想當做正事的正式員工啊。

讓媽媽擔心，自己一個人到東京來，不想再讓媽媽操心而勉強留在這裡，不知何時已經到了另外找工作都很困難的年紀了。

簡直像是動物園裡被困在沒有出口的牢籠裡，來回踱步的獅子一樣。

不對。獅子至少在籠子裡，還有觀賞價值。

那我呢？

——「妳的工作，讓人感覺很噁心。」

鈴木主任的聲音又在我腦袋裡響起。噹噹噹噹，像是銅鑼一樣的聲音。

啊啊，有誰能理解我呢？

大家都努力過著自己的人生。筆直好好向前走的人，一定無法明瞭吧。

在這個工作環境、在這個城市、在這個世界上。自己簡直就是最無能、最悽慘、最沒有資格活著的感覺。

我漠然抬頭望著天花板。那根灰色的樑柱。以及上面生鏽的鉤子。

「乾脆，解脫了吧。」

我覺得天花板上的樑柱，好像正在對我招手一樣。

「到這裡來吧。已經夠了不是嘛。把椅子放在桌面上，就能搆到天花板啦。妳知道的吧。不是調查過了嗎。電腦的線可以當繩子用的。」

分明沒有發出任何聲音。

但是聽起來那麼平靜、和善又溫柔。

「麻里子啊，全部放棄不就好了嗎？」

輕輕地籠罩我全身，撫慰我疲憊的心靈一般。

「做就是了。一定很爽快的。我們來把鈴木的辦公桌搞得一塌糊塗吧。給她好看，報復她吧。」

一直一直一直，極力忍耐著，但卻沒有否認。在我心中的——這股洶湧奔騰的黑暗情感。

我覺得好像有人輕輕地對我說：我會接納妳的。不用再假裝沒看見，也不用再忍耐了。

——啪噠。

咚。

突然間。

只有印表機發出聲響的空間中，彷彿有不自然的水聲。我抬起頭。

「……？」

是什麼呢？

我完全沒發現。

左邊隔壁的隔壁桌位。鈴木主任位置的，正上方。

天花板的樑柱上，好像有什麼東西垂下來。

我無力地靠在椅背上。非常緩慢地抬頭望去。

……視線的前方，有兩隻腳。

併在一起，無力地下垂的雙腳。穿著肉色絲襪的腳上，白色的低跟鞋掉了下來。

那是我去年一眼就看上的鞋子——今天也穿著這雙。

我好像中了邪一樣，視線慢慢地從鞋子往上看向膝蓋。

淡粉紅色花樣的喇叭裙，在沒有風的高處翩翩地擺動。頹然下垂，沒有日曬痕跡的蒼白手腕。啊啊，是啊，一直都往返於公司和自家，從來沒有出去逛過。動也不動的，無力的指尖。變成青紫色的指甲。完全沒有整理的指甲，之前好像剛剛才把搽的透明指甲油卸掉的。

這樣啊。這是我啊。

正如我想像一樣，像水般的液體不停地低下來，弄濕了鈴木主任的辦公桌。不知道是穢物還是消化液還是唾液還是血液，黑漆漆的玩意。鼻端飄過刺鼻的惡臭。

桌上累積的液體終於溢到了地上。

啪噠。啪噠。啪噠。

啪噠。啪噠。啪噠。

啪噠。啪噠。啪噠。

乾燥的茶色髮絲落在米白色上衣的肩部。很不可思議的是，我沒辦法看清楚臉的樣子。

那張臉隱藏在黑暗之中。電腦線前端設法結成一個圈，牢牢掛在鉤子上，然後垂下來的繩圈緊緊勒住白色的喉嚨，這些卻都看得很清楚。

像蠟做的一樣青白的皮膚，在電腦線下面變成紫紅色。那種色彩漸層的感覺，跟其他悽慘醜惡的樣子比起來，反而有點幻想般的美感。簡直像是戴了時髦的項鍊一樣。

還有就是，臉部能看到的部分就只有跟指甲一樣變成青紫色的嘴唇而已。舌頭從微微張開的唇瓣中掉出來。還能勉強看到液狀的細絲從那裡垂落。

滴滴答答。滴滴，答答。

搖搖晃晃。搖搖，晃晃。

月光在背後，雖然沒有風，雙腳卻在晃動。一隻腳上還穿著低跟鞋。

搖搖，晃晃。

搖搖，晃晃。

我的屍體，搖搖，晃晃。

我說不出話來——只能茫然地盯著眼前不知是現實還是夢境的光景。

我眨了好幾次眼睛，然後閉了一陣子眼睛。接著張開眼睛的時候，剛才分明在眼前的自己的屍體，已然消失得無影無蹤。

我啞然望著屍體本來該在的地方良久——那個打進水泥樑柱的結實鐵釘，我緊緊盯著不放。

然後，突然之間我胸中的大石像是落地了。

啊啊，什麼啊。

我鬆了一口氣，不由得笑了起來。一下子覺得可笑極了。我呼地深深吐出一口氣，空氣從齒縫間發出嘶嘶的氣音。

就是啊。什麼嘛。這樣啊。

要能這樣的話，就好了啊。

「麻里子。來，快點啊。」

那個溫柔的聲音輕輕地誘惑我。

我站起來。

本來應該要用印表機印很多充滿怨恨的遺書，但是算了吧，這樣就好。

因為已經沒時間了。得快點才行。非得現在就做不可。在我的決心軟弱之前。警衛可能會來巡邏，說不定也可能有人忘了東西回來拿。對了，要做就要趁早。快點快點。

雖然思路清晰，但不知從何而來的焦躁和不安讓我慌忙起來。

按照剛才的**範例**，我伸手拔電腦線。用網路線和延長線的話，應該可以充當非常結實的繩索吧。

我連電源都沒關，直接拔了兩條線，電腦畫面噗地一聲變暗了。刺目的藍光消失，只剩下窗戶透進來的光線。讓人安心的，帶著溫暖的光線。我微笑起來。

我隨手攏起電線，一再調節長度，反覆折疊；我在網路上調查過套住脖子的繩圈的特殊結法，反覆練習過，終於可以順利地結成了。

我拿著做好的「道具」，走向鈴木主任的座位。我把那裡的輕便凳子搬到桌子上，然後連鞋子都沒脫，直接踏著桌上的文件踩到椅子上。白色的紙被踩出了髒灰的腳印。只不過是這樣，就心情激動地感覺到小小的報復快感。

我踩上凳子，把電腦線綁成的小圈掛在鉤子上。

再一下子就好了。

再一下子就能解脫了！

我興奮得心臟怦怦跳。不由得面露微笑。

明天。到了明天，鈴木那傢伙會有多驚訝啊。

她會後悔嗎？猛然看見料想不到的悽慘光景，會嘔吐嗎？

我慘不忍睹的醜陋屍體，會成為她永難忘懷的強烈記憶，讓她痛苦一輩子嗎？我希望能這樣。不，一定會這樣的。

我捧起大的繩圈，要把頭伸進去的——那個瞬間。

哐噹。

我沒打算大幅度彎腰的，但手機卻從上衣胸前口袋裡滑落下來，掉在桌上發出撞擊聲。滾動的手機撞到堆積的文件，碰亂了一角。

這一連串的聲音比我想像中要大——我抬眼望過去，看見貼在手機殼上面紅色的部分。

那是我來東京的那天，媽媽替我求來的除厄護身符。

——「小麻里。」
我彷彿聽到媽媽的聲音。

嗡——、嗡——、嗡——。

「？！」
設置成靜音模式的手機，突然開始震動，我嚇得跳了起來。
「哇……」
手機螢幕一明一暗地閃爍。嗡——、嗡——地震動著，手機慢慢往前移動，從桌面掉到了地上。我啞口無言地望著哐噹一聲掉在地上，仍舊不停震動的手機。
怎……怎麼辦！
我腦中一片空白。手心跟髮際滲出的油汗，絕對不是因為悶熱所致。
「等、等一下。」
我毫無意義地對著手機喊道，慌忙從凳子和辦公桌上下來，撿起頑固地一直呼喚我的手機。

「……啊。」

我眯著眼睛看著像是能灼燒網膜的明亮畫面，倒抽了一口氣。

——上面是老家的電話號碼。

「……喂，媽媽？」

我毫不猶豫地按下接聽鍵，幾乎是下意識的動作。

時鐘顯示十一點。媽媽幾乎從來不在這個時間打電話來的，而且她體諒我最近很忙，盡量都不打過來。我已經將剛才想上吊這件事拋到腦後，心想不知道發生了什麼事，不安起來。

「……小麻里？」

電話那端傳來叫我名字的熟悉聲音——我瞬間鬆了一口氣，膝蓋無力，幾乎要跪在地上。像是現實打破了夢境一樣，頭腦冷靜了下來。

因為，我、我……。剛剛，想做什麼啊……。現在回想起來才感到害怕，心臟怦怦地跳個不停。雙腿打顫。

我花了一點時間，讓呼吸平穩下來，我把手機壓在耳朵上——摸到了除厄護身符的袋子。
光滑的布料質感，不知怎地讓人覺得很安心。
太好了。……太好了。
或許是這個守護了我也說不定。
「小麻里，怎麼啦？」
我一直沒說話，媽媽可能覺得有什麼不對，訝異地叫我。我心想得搞清楚狀況才行，於是用開朗的聲音回答：
「喔……沒事啊。媽媽才是，怎麼突然打電話來？」
「啊啊，對不起呢。這麼晚打給妳。」
「沒關係，正好我也很想念媽媽的聲音呢……」
我照著平常打私人電話的習慣，一面說話一面走到辦公室外面的走廊上。走廊上總是亮著日光燈，比只有窗外透進來的街燈和月光照明的辦公室亮得多了。我望著天花板上的格線散發出的溫暖光線，突然覺得十分平靜。
即便如此，只不過是隔了一扇門，跟我們辦公室殺風景的水泥差得太多了。與之前不一樣的光景，像魚刺一樣勾動著我的心境。

想著出來透一透氣，但我仍舊感到煩躁。漫無目的地往前走，不知何時就走到了隔壁部門旁邊的洗手間。這樣想來這層樓應該沒有別人了，不管是在自己的位置，還是在走廊上，都不用擔心誰聽到我的聲音。

——然後——

「……小麻里，妳還好嗎？」

媽媽突然問我，我嚇了一跳。

「哎……？怎、怎麼啦，突然問我。」

「嗯……不知怎麼了，就是有點擔心。我不該打電話來的。妳這麼忙。」

不知怎麼，有點擔心。

結果媽媽的直覺非常準確。再過個幾秒……我就再也聽不到這個聲音了。對不起這麼晚打給妳，媽媽在電話那端再度說道。

光聽聲音我就知道，媽媽現在是什麼表情。

一定眉毛呈八字形，用手撐著面頰，眼角稍微有些細紋。我從小就看著媽媽的樣子。比什麼都溫柔熟悉的笑臉。

那個瞬間，我胸中湧起浪濤般的衝動。

「嗚……」
腹中升起灼熱的感覺，空氣從喉嚨中溢出，我低聲呻吟起來。
「……小麻里？！哪裡痛嗎？小麻里？！」
媽媽驚訝又擔憂的聲音。如此熟悉。如此溫暖。
「那個……媽媽，我……」
我回過神來，已經不由自主地發出了聲音。
「工作實在太繁重了……現在這家公司好辛苦。看見辦公室的天花板，就突然想去死。然後媽媽就打電話來了……」
接著我就把進入公司之後碰到的各種事情，以及鈴木主任的所作所為。在這之前，媽媽也一定知道的——我找工作失敗，一再換工作，所以一直都感到非常不安。
不知不覺間，就已經全部都說出來了。
「……」
媽媽好像說不出話來，沉默了好一陣子。
這也難怪。想著給孩子打個電話，竟然聽到女兒說自殺未遂。一定不知道該怎麼回答才好。

——我也覺得自己真是個不孝的女兒。有了足夠的空白時間讓頭腦冷靜下來，我不禁為自己的輕率覺得丟臉。我焦急地想著，得道歉才行。得跟媽媽說其實沒事的才行。讓她擔心了。快點，快點。

然而，現在不管說什麼，能解釋得過來嗎？我不知道該說什麼，張開的嘴又閉上了。只靠電話聯結的虛無飄渺的空間中充滿了沉默。

沒有立足之地的我，只能抬頭數著天花板上的花樣。綿延的常春藤浮雕花樣的灰白色格子，一定是因為不想損害這棟歷史悠久建築的形象所花費的功夫吧。

終於，不知道過了多久之後。

「……小麻里很努力的。」

媽媽喃喃道。

「哎？」

「因為，妳寫的那篇紅石斑煮魚的報導，實在太棒了！我都嚇了一跳呢。」

「那是……」

專欄剛開始的時候，我記得把刊登第一篇報導的雜誌寄了過去。啊啊，媽媽都記得呢。我覺得心裡非常溫暖。然而媽媽接下來的話讓我睜大了眼睛。

「還有，那個，講雜炊的文章我也非常喜歡，高松的那篇！有甜味的白味噌湯裡加上紅豆麻糬，我第一次聽說，真的好想吃吃看喔。」

「……媽媽，怎麼知道……」

「還有，關於味噌湯的報導，我還喜歡八戶的仙貝湯。分明在同一個國家，竟然有這麼多我完全沒聽說過的美食，媽媽每次都非常感動呢。」

使用大量根莖類蔬菜和紅豆的北陸堂兄煮，非常下飯的B級美食飛驒雞肉煮，香脆的山陰猛者炸蝦，鮪魚紅肉生魚片加上鹹甜醬汁的傳統漁夫料理，津久見日向丼……

媽媽一一細數我寫的『日本鄉土料理，全國走透透』報導。我只呆呆地聽著。怎麼會？為什麼？腦中充滿了疑問。

因為媽媽說她不懂編輯的工作。也不會網路購物，鄉下很難買到這種非主流的雜誌，發售之後要不是立刻去大書店，是買不到的。

即便如此——媽媽還是每個月都買了。

我寫的文章。她都看了，都記得呢。「最近半年，專欄不是小麻里負責了啊。報導的感覺都變了……我很擔心呢。」媽媽用略帶遺憾的聲音說，我忍不住摀住嘴。

胸中洶湧的情感該如何表達呢？累積在心中黑暗的東西全部被淨化了，變成一股滿溢的熱流。

「那麼棒的文章，媽媽絕對寫不出來的。妳真的很努力。媽媽覺得好驕傲啊。」

——妳真的，很努力。

這樣啊，我。

……很努力啊。

沒有明確的成果也沒關係。就算不能成為正式員工也沒關係。

但是，我還是想被認可。

我只是希望，自己所做的這一切都不是白費。希望有人稱讚我做得很好。

「小麻里，一直一直都這麼努力，一定很累吧？奧運選手也沒有人一天跑二十四小時的。也沒有不休息一直往前飛的鳥啊。」
「……嗯。」
媽媽的聲音像是滲入乾裂地面的水分，滋潤了我的心靈。
我聽到的一切——都是理所當然的。沒有必要扭曲自己忍耐，離開也是一種選擇。
要是走投無路到想自殺的話，那就乾脆辭職，回到老家就好了。畢竟我並沒有傷害，也沒害死任何人。一切都還不太遲，也沒有不能從頭再來的錯誤。
聽著電話那一端的聲音，我突然有所感悟。媽媽自己一個人把我養大，一定非常辛苦。絕對比我想像中要更加辛苦。但是，她並沒有死。她活著把我養大成人了。
我一而再、再而三地錯過了重點。
就算辛苦，也不能將為了我而努力的人置之不理。為什麼要為了對我發洩惡意的人放棄自己的生命呢？
「所以小麻里，回來吃紅石斑煮魚吧。」
回到能安心休息的地方，吃最喜歡的煮魚。補充元氣。

要是還能繼續努力的話，就重新出發吧。

「加上醬油、日本酒、黃糖、味醂和蜂蜜，做成甜甜的味道吧。」

「嗯。」

「還要加生薑，有辣味的。還是山椒呢？哪種比較好啊？嘻嘻，一定很好吃的。」

「嗯……嗯……」

我只能不斷出聲回應，溫暖的液體滴滴答答地順著面頰流下來。

我胡亂用袖口擦拭本來應該已經枯乾的淚水，我把手機抵在耳朵上，一再點頭，不停地嗚咽。

＊

不知道講了多久電話。

媽媽聽我說了很久很久的話。一起生氣，一起嘆息——講完電話的時候，籠罩在我心裡的絕望已經完全煙消雲散。

「已經很晚了……回去的時候盡量走明亮的地方，要小心，快點走喔。」

「謝謝。沒事的，沒事的，公司周圍都很亮。媽媽也知道的啊。離車站也很近。我會小心的。晚安嘍。」

「晚安。」

最後我們非常普通地道了晚安，按下紅色的通話結束按鈕。我的心情不知怎地就好了起來。

首先，大大地伸個懶腰。先回辦公室吧。這麼一想，電腦線被我拔了，還綁了繩結要上吊，鈴木主任的辦公桌被踩得亂七八糟……哇啊啊啊。

那非得想辦法整理一下不可。我在腦中想著要如何處理，急急回到辦公室，不由自主地抬頭望著天花板。

半年來我一直盯著看的水泥天花板上，應該有那道樑柱，以及釘在上面的堅固鉤子，加上我不久之前掛上去的自製自殺用繩圈——

「咦？」

眼前強烈的違和感讓我不禁發出了疑問的聲音。我不由得用手揉了揉眼睛。

繩圈，沒了。

——不如說，

「樑跟鉤子，都沒了……？」

不只如此。

我抬頭望著的天花板，跟印象中熟悉的景象完全不一樣。不是水泥的，而變成了跟走廊上一樣有著常春藤浮雕的灰白色格子。我從來不曾在這裡見過的圖樣。

「咦……我走錯房間了嗎？」

這裡沒有半個人，我卻仍出聲詢問，因為我很不安。我伸手摸門邊的電燈開關，啪嗒一聲打開了電燈。但是不管我怎麼看，不管是辦公桌的排列，還是各種用品的配置和位置，一切都是非常熟悉的景象。

——怎麼會這樣？

「……？！」

我呆呆地愣在當場。

一瞬間，我甚至有種荒唐的想法：「是不是在我講電話的時候改裝過了啊？」當然不可能。天花板不僅有格子，連燈光的位置都不一樣了。

不管怎麼努力，都不可能有巨大的樑柱橫亙其間。

不可能的啊。我一直都盯著看的。但是我越努力回想，樑柱的形狀，跟上面好像非常堅固的那個鉤子，就越來越模糊。

「對了，電線。」

我想起本來應該掛在鉤子上的繩圈，跑到鈴木主任的辦公桌旁。然而，上吊用的繩圈也不見了。而且桌上文件檔案也沒有被踐踏的散亂痕跡。凳子也在原來的位置上。我回到自己的座位，看見電源線網路線都在電腦上插得好好的。

我呆呆站著，說不出話來。

這到底是怎麼回事啊？

那個天花板呢？那道橫樑呢？鉤子呢？……全部都是，幻覺？作夢？……能持續半年？

「……」

我仍舊沉默。

——要是就那樣上吊的話，會變成什麼樣子呢？

我不禁，打了個冷顫。

經歷了這一切之後，我果然一點也不想再留在辦公室裡了。

彷彿有一隻冰冷的手揪著我的內臟似地，我匆忙整理工作告一段落，收拾東西回家。

*

次日。

雖然我在某種程度上下了決心，但無視鈴木說「妳自己一個人想辦法補救」，逕自回了家；第二天來上班，果然還是戰戰兢兢。

也罷，又不是要赴死……我一面給自己打氣，一面懷抱著上斷頭台的心情到了辦公室。不可思議的是，鈴木主任竟然沒有罵我。不只沒有罵我，她根本不在。

「早安。啊，鈴木主任呢……？」

「早安，荻原小姐。鈴木主任啊，剛才被總編叫去了，跟松尾先生一起。現在在那裡面呢。」

我彎腰在對著電腦的森前輩耳邊低聲詢問，她轉過頭來露出白牙笑道。她用大拇指指的方向是說教房間。

「鈴木主任，在說教房間裡？」

「對。我聽說了喔？荻原小姐，妳昨天辛苦了吧！鈴木主任誣陷妳工作沒做好，還把根本做不完的事情都推到妳頭上了啊！」

誣陷——果然是這樣啊。

我知道自己的眼睛瞪得跟栗子一樣大。不只是被陷害的驚愕，還有果然我的猜測是正確的。我鬆了一口氣，幾乎要當場癱在地上。……我確實並沒有犯任何錯誤啊。

「但是，妳怎麼知道的？昨天沒有其他人在……」

「好像是從別的地方發現的。荻原小姐不是有個專欄被拿走了嗎，那個鄉土料理的。那個大家都覺得質量下降了，然後經理部門調查了一下，發現取材公費都被松尾先生私吞了，根本沒有花在專欄上。」

「哎！」

「松尾先生認了罪，大概是想拉個墊背的，就說：『這些事情鈴木主任早就都做過了！』之後就順藤摸瓜似地一件接一件。從荻原小姐負責的時候開始，報帳的奇怪收據就有很多，當時經理部門就注意到了……」

「收據……？那個專欄，不是沒有預算的嗎？」

主任告訴我製作經費非常的少，我幾乎從來沒有申請過出差取材的費用。為了確認我問了一下，聽到的預算費用跟我所知簡直天差地遠。

「接著就是難看的互相揭發了。剛好門沒有關緊，裡面在互相叫罵說你才是！妳才過分！全都聽得一清二楚。後來松尾先生說：『第一，是妳說盜用公款要是被發現了就很麻煩，那就栽贓到一開始提出企劃的荻原小姐身上，把她趕走就好。』還說了他們連資料發包的費用都想私吞，總編簡直氣炸了。所以我想她一時之間應該不會回到座位上來了喔。」

總編平常很溫和，但生起氣來很嚇人的。她拍了拍啞口無言的我。

「之前因為帳目上的數字沒有任何問題，管理部門什麼也不能做：但現在算是天網恢恢疏而不漏吧！這樣他們以後能謹慎一些就好了。所以荻原小姐，那個企劃專欄應該馬上就會回到妳手上了喔。當然資料設計的事情也已經外包了，應該不用擔心。」

「……非常，感謝……」

我心潮澎湃，只能低下頭，咬著牙喃喃道。

「總會，有辦法的啊——」

前輩聽到我的自言自語，聳聳肩膀說：「就是這樣啊。」這句彷彿不知在哪聽過的魔法咒語，讓我笑著點點頭。

＊

結果那一天，說教房間的門，幾乎沒有打開過。

傍晚的時候，終於走出來的松尾先生已經被壓榨乾淨，幾乎成了恍惚狀態。他接受的處分我們聽說了風聲不知詳情，但想也知道一定很是嚴厲。至於鈴木主任，她乾脆第二天開始就直接消失，不來上班了。據說她好像打算辭職。

預定的活動就在缺少人手的情況下舉辦了，但準備工作已經完成，同時也另外請了幫手，很順利地進行，活動圓滿成功。

活動過後的那一週，我和森前輩等幾名同事一起吃了慶功午餐。在此之前午休根本是不可能的，就算只有一個小時，能在平日中午休息，對我都是非常新鮮的喜悅。

我在公司附近時髦的咖啡館點了每日套餐，送上來的漢堡在包著錫箔的鐵盤上滋滋作響。濃郁醬汁的香味讓我著迷。森前輩帶著歉意對我低下頭。

「荻原小姐，妳真的很慘啊。很抱歉，我們都怕報復，沒有幫妳的忙……」

「沒、沒關係的！沒有反抗也是我的問題……」

「啊……但是，坐在鈴木那個位子的上司，從以前開始就不知怎地都是些垃圾。那個位子被稱為人渣磁鐵。有很多人都因此受害了。」

「哎，是這樣嗎？」

別的前輩不經意地說出的話，讓我驚訝地停下了正要叉起沙拉中水芹的手。

「真的喔～這是很久以前辭職的人說的，當時的上司實在太討厭了，每天來上班都到廁所去吐呢。」

「真、真是嚇人啊。」
雖然我自己都差點在並不存在的樑上上吊了。
雖然如此，這種一定會嚇到大家的神奇經歷還是不要說出來的好。前輩深深嘆了一口氣。
「妳知道，那棟大樓歷史很悠久吧？可能是因為這樣吧，有人說那裡被詛咒了，會讓人產生幻覺什麼的。」
——砰咚。心臟發出討厭的聲音。
「幻……幻覺嗎？還是幽靈？」
我顧作鎮靜問道，那位前輩慢慢地搖頭。她手上的叉子叉著一塊漢堡，閒著無事地晃啊晃，晃啊晃。
那個動作，讓我腦中突然浮現了一幅景象。——那天晚上看見的，自己的屍體的模樣。
「不是喔，是樑柱。」
「咦……」

「據說啊，就在鈴木主任座位上方的天花板上，有一道樑柱，上面釘著看起來很適合上吊的鉤子。抬頭看到那道樑，就覺得想上吊，所以神經衰弱就辭職了。」

那裡分明沒有樑啊，前輩笑著繼續吃午餐。我說不出話來。

《移交書》

「真是災難吶。竟然淪落到這種地方來了呀。」

——被派到這個部門，剛碰面的前輩同事就這麼對我說。

我一面聽著辦公室各種用品和消耗品的放置所在，以及茶水間等等的說明，前輩彷彿不經意似地吐出了這句話。我眨著眼睛說：「什麼？」

這位男性前輩眉毛很粗，膚色淺黑，體格健壯。從他的口音聽來，好像是關西人。順道一提他的名字也是剛剛才聽說的，叫做田所。乍看之下是頭腦簡單四肢發達的類型，然而他說起話來尖銳鋒利，讓我一瞬間吃了一驚。這話的兆頭簡直太差了。

「呃，這種地方？是災難……？」

「因為相馬小姐，妳之前不是在企劃課嗎？那是出人頭地最快的部門……」

他好像很難出口似地，眼神游移不定。我急忙搖頭。

「啊，不是的！因為我懷孕了，他們一定是考慮到我的工作時間而已！不如說我在這個時候有了小孩，怎麼說呢……讓人事部門很難做吧。孕婦的健康檢查很多……我覺得是我給公司添麻煩了。」

啊哈哈，最後一句話我是苦笑著說出來的。我也覺得自己有點牽強，反省了一下。

我——相馬菜菜是在國內人盡皆知的大型食品公司上班。我在五月中旬發現自己懷孕了，立刻跟課長商量。

我喜歡企劃課的工作，當初意氣昂揚地說：「不用縮短工時，加班也沒問題，在生產之前都可以正常工作！」然而我在聽了醫院和區公所的各種說明之後，發現這是辦不到的。

說起來不好意思，我在懷孕之前，完全沒想到產前健康檢查竟然會如此頻繁，就算曾經聽說過，也覺得跟自己沒什麼相關。現在才深切反省自己的想法實在太天真了。

此外，發現懷孕之後，孕吐非常嚴重。難受的程度不只是暈船那樣，簡直像是有一把長柄杓子從肚臍捅進去亂攪內臟一樣。更別提這發作得非常頻繁。我清楚地記得我先生很擔心，問我想吃什麼的時候，我茫然地說：「紙箱……」讓他嚇了一大跳。

休息時間我在洗手間和辦公室兩頭跑，就算加班，也沒有打卡，以自願的方式繼續工作。然而有一天課長叫我過去，徐徐地告訴我說：

——「相馬小姐，雖然現在不是調動的季節，但下個月還是要把妳調到別的單位。既然懷孕了，這樣下去妳沒法在企劃課工作的。還是讓妳到比較輕鬆的地方去吧。」

那個……但是……我正思索著要怎麼回答的時候，課長已經不由分說地下了最後通牒。

——「不好意思。要是妳有點什麼事情，這裡也會很困擾的，畢竟會變成我們的責任。」

課長的眼睛藏在反射陽光的鏡片後方，我無法窺探，但光是聲音也足夠察覺出他那覺得麻煩的心情了。我只感到非常不好意思。「給您添麻煩了。」我低下頭。「沒事沒事，既然懷上了也無可奈何不是嘛。雖然怎麼剛好就碰上這個時候呢。」還被諷刺地倒打了一耙。

現在回想起來，那是挺厲害的一耙。然後，說著：「恭喜妳」的同事們，心裡一定也很不高興，想起來更令人沮喪。

就這樣我整理了坐了四年的位子。

新的工作單位不是在總公司，而是在位於郊區的小分公司四樓。雖然整棟建築都是我們公司的，但是樓層的面積並不大，同一層樓還有勞工事務和健保單位，都沒有區隔，全部混雜在一起。

我被調來的部門，是屬於員工福利中的社內雜誌編輯部。

我聽到時的第一個印象是，「好像很有意思啊」。同時也想著真是被踢到這種偏遠地帶來了啊。然而我當然默默地忍住沒有說出口。

同時我也有些不當的推測。人對自己能力的認知，可能都灌了不少水。我為了替這個組織貢獻心力，在此之前努力培育的一切，難道都算不得什麼嗎？

……也罷，調職就是這麼回事啦。沒被下放到鄉下地方去就應該慶幸了，不這麼想不行。我把自己從回想中拉出來，忍住心中的千頭萬緒，對著眼前的田所先生微笑起來。

「我也不能給你們添麻煩，一定會努力盡快熟悉業務的！」

積極向前！我正給自己打氣的當口，田所先生帶著一言難盡的表情說：

「……努力啊。」他雙手抱胸，「嗯～」地一聲低下頭。

「不好意思，但要我說的話，不如想辦法摸魚，可能還比較有建設性一點。」

「咦？」

「……反正妳總會知道的，我就醜話先說在前面了。這裡可是豬圈啊。」

「什、什麼？」

——豬圈？

要是豬箱的話，那是拘留所的別稱，還說得過去。不對，這裡也不是拘留所啊，不對不對不對不對。

「真的，因為工作的絕大部分，都是在照顧豬公啊。」

「照顧豬、豬公？」

這是怎麼回事啊？我把腦袋傾向一邊，他意味深長地苦笑起來。

「這妳也馬上就會明白的。」

「啊，喔……」

我感到有點慌，但又不敢繼續追問，無奈之下只能點點頭。

結果如他所說，我馬上就知道「豬圈」到底是什麼意思了。

＊

四樓的視野沒那麼高。所以從這間辦公室的窗戶往下看，可以看到不遠處那座神社鎮守的森林。我每天上班的時候都會走過神社入口處的鳥居，但最近才知道那是內行人才會去的切斷惡緣的神社。

我被調來這裡已經過了兩個月，時序剛進入八月。今年夏天非常熱，路面上柏油都要融化了一樣。熱空氣從地面上搖搖晃晃地升起。上方森林的綠色彷彿阻擋了熱浪，帶來些許清涼的感覺。還有就是往年這個時候，蟬鳴會像是排山倒海而來般穿牆而入，今年卻好像實在太熱了，連蟬也只在黃昏的時候勉強地應卯鳴叫一下。

即便如此，要是這座神社如同傳聞所說，頗為靈驗的話，那我或許該去獻上一萬日圓的香火錢，祈求「請讓我調到別的地方」也說不定。雖然我偶爾會這麼想，但我是個現實主義者，始終沒有實行過。

就是。從漫長的孕吐期解放之後，現在我可以冷靜地判斷這個部門是怎樣的地方了。

彷彿像是要阻止我的胡思亂想一樣，今天——豬公也在大喊大叫。

「所——以——說——，老子怎麼知道！！村上，你他媽的就是個沒用的蠢貨！你要做就去做，不要什麼雞毛蒜皮的小事都拿來煩老子！上司跟屬下做的事情是不一樣的。UNDER—STAND？知道是什麼意思嗎？！」

我啪噠啪噠地打著字，不自覺地皺起了眉頭。那個刺耳的聲音實在很吵。辦公室沒有隔間，整層都聽得到。

隨著鼓膜震動，心臟好像也緊縮了起來。每天旁邊都有人被大聲斥罵的日子，再怎麼樣也沒辦法習慣。罵人的內容非常沒道理，被罵的是相熟的同事，更讓人難受。這對胎教一定有不好的影響。

——離我們這些普通職員的辦公桌稍微有點間隔的地方，就是那個位置。他跟我們之間的距離，被我們私下稱之為「放牧區」。

因為在那邊養著的，是會說人話的豬公。

「佐藤主任，……那，我可以自由進行了吧？」

相形之下冷靜確認的，是派到這裡工作已經第三年的村上先生。克制的聲音裡隱含的怒氣，那隻豬公八成根本沒注意到吧

「啊？！你說什麼？！我不是什麼主任，是襄理！！到底要說幾次才知道，你的腦袋是裝飾用的嗎！而且，什麼自由？憑你的判斷，能把工作做好嗎？夢話

還是留到睡覺的時候說吧！！」

不對，等一下。聽到的對話可吐槽的點實在太多了，我不由得停下了正在工作的手。

因為，去跟他確認該怎麼做，他嫌麻煩所以不行，但是自己放手去做他也不高興，所以不行，那到底該怎麼辦才好呢？真是。

但要是看不下去隨便插嘴，我知道會有什麼後果，所以也不能隨便出手幫忙……

在我猶疑的時候，突然哐噹！一聲大響。好像是豬公用力踢了桌子。我忍不住畏縮了一下。

「搞什麼？！村上，你那是什麼眼神！！」

他大概是不滿意村上先生的態度，終於使出了家傳寶刀。那把動不動就拔出來的寶刀，叫做「關係」。

「你膽子可真大啊，竟然敢瞪我！你想說什麼，就現在說出來啊。**惹毛了老子會有什麼後果**，你得先有心理準備啊！！」

我不知該如何是好，偷偷地瞥向呆站著的村上先生。他又高又瘦，穿著破舊的灰色西裝，駝著背。他站在豬公的桌子前面，在他視線不及之處，雙手偷偷地緊握成拳。

村上先生好像也失去了反駁的力氣。「沒有……我知道了。」他丟下一句話，轉身慢慢朝這裡走來。他好像脫了力一樣，咚地一聲在我旁邊的位子坐下來，我偷偷地用眼神跟他打了招呼。

我其實想跟他說：「你辛苦了」，但以前這麼說的時候，豬公大聲怒吼道：「你們偷偷摸摸地在說什麼，嗯？」在那之後我就不敢了。

對著像瞪著殺父仇人一樣盯著電腦螢幕的村上先生，我只能在心裡說：「我明白你的心情啊。」

此外——到現在為止我都不想叫他的名字，但豬公的本名叫做「佐藤茂男」。貴庚四十七，身材很矮，脂肪豐富；毫不客氣地靠在椅背上的時候，彷彿可以聽到椅子的哀號：「那個！我！已經不行了啊！」

我嘆了一口氣，聆聽著隔壁村上先生滑鼠跟鍵盤發出的聲音。

咔嗟咔嗟，打開檔案夾的聲音。接著是咔嗒咔嗒咔嗒，好像洩憤似地打出一行行文字的聲音。

過了一會兒聲音停下了，我打開我們單位共有的檔案夾。在許多層的目錄下面，像炸彈一樣被層層包裹，還加上了密碼的檔案，我把鼠標移到上面，顯示幾分鐘前更新過。

我立刻輸入密碼「３１０５６４」。無情的文書檔案上，追加了發洩讓人吐血的心情文句。

「我要宰了佐藤這個混帳王八蛋。絕對要把他做成火腿。用那傢伙挪用的公司聯誼會費買燻製香料，今天就買。不，現在就去買。去死吧去死吧去死吧去死吧去死吧！不負責任也不做事，這種上司有什麼鳥不起的！」

最後一句話大概是太焦躁了，「了不起」打成了「鳥不起」。

唉。……想也知道會這樣。我覺得那是村上小哥一腔怒火打出來的痛罵和詛咒。之所以說「覺得」，是因為編輯這個檔案的時候，大家都有基本上不具名的默契。

我也匿名加上一句：「肥肉太多了，應該不好吃吧。」然後保存了檔案。

——這個內容龐大的檔案，叫做《移交書》。

也是被迫在這個豬圈養豬的飼育員們稍微能發洩一點壓力的地方。

＊

「但是，相馬小姐，那隻佐藤豬公的各種無理取鬧，妳適應得還真快啊。」

「說是適應……其實只是放棄掙扎而已喔。不習慣也不行啊。」

午休的時候，我們在公司附近的文創咖啡廳吃豬肉燒烤。我苦笑著回應田所先生的取笑。

我們習慣每個星期在這家咖啡廳開幾次會。而且這種會議好像是這個社內雜誌編輯部代代相傳的習慣。說是開會，其實是吐槽發洩的場所。坐在同一桌的是比我年長的前輩田所先生，看著精神不濟的晚輩村上小哥，加上我共三個人。田所先生三十四歲，村上小哥好像二十七歲的樣子。我三十一歲，剛好在他們中間。

沒錯。

豬圈到底是什麼意思？

眾所周知，這個部門——上司的畜生程度非常驚人。我們同事之間自然感情都很好。村上小哥喝了一口排毒水，把手肘撐在桌子上，忿忿地開了口。

「那隻豬公……擺著上司的架子，淨扯我們後腿。什麼事也不做還一副理所當然的樣子，而且分明什麼都不懂，還胡說八道把事情搞得一團糟……哈哈哈，罄竹難書就是這個意思吧！……」

「村上人柱，年紀輕輕還知道很難的成語啊。」

「田所先生，拜託不要叫我人柱啦。那不是豬圈被留下來的活人祭品嗎？還有因為眼睛混濁叫做『濁酒』，不要給人起奇怪的小名啦。」

「沒什麼啊。你不是偶爾也偷偷叫我軍曹嗎？我們扯平啦。」

「不是啊，因為田所先生你的位子離豬公最近，但是完全不受影響；其他人都被豬公幹掉了，你一個人應該也能存活吧。The Last Man Standing 啊。我要是跟田所先生一樣待這麼多年，一定立刻就完蛋了。」

「已經待三年了，怎麼可能立刻就完蛋啊。」

聊天的內容和腔調都很輕鬆，我笑著說：「好像很開心啊。」

村上小哥是現在年輕人的纖細體型。他一面喃喃地說：「哪裡開心了，饒了我吧……」一面從西裝外套胸口的口袋裡掏出藥盒，搖出一顆小藥丸落在青白的手掌上，然後放進嘴裡。藥盒上起皺的銀色標籤上可以看見很拗口的片假名藥品名稱。那是精神科開的鎮定藥物，我和田所先生都知道，但是故意裝作沒留意。

「……但是，真的很困擾呢。」

氣氛突然尷尬，我毫無技巧地把話題拉回來。

佐藤的所作所為真的讓人難以忍耐。

比方說今天早上村上小哥碰到的狀況，不管問他什麼都推託說：「這不是我該做的事。」沒法確認獲得許可，只好自己進行，然後就會被隨性打回來。

不，只要做個在工作的樣子就還算是好的了。他總是因為不必要的飯局早退，私吞聯誼費用，拿公款買私人物品……

為所欲為就是這個樣子。而且只要有一點不順他的意，就把錯全部推到屬下頭上，口出惡言隨意遷怒，在隔壁部門都很出名。

然而，最難搞的是——他那種非常嗜虐的癖好。

我們也都是人。不管怎麼小心，偶爾也還是會犯錯的。不管是多小的錯，就算立刻可以糾正，只要被佐藤發現，就會小題大作，然後徹底地拿來殺雞儆猴。

具體來說——不管跟工作本身有沒有關係，不只是本分部，包括總公司在內的所有部門，連外面的業務合作對象都得去磕頭謝罪，說：「因為我犯了這樣那樣的錯誤，讓各位和我們公司蒙受巨大的損失」什麼的。

這俗稱：「謝罪之旅」。

當然，就算是小錯，犯錯也是自己不對。……然後，自己犯的錯有多難受，也是自己最清楚。

但是一點小錯，就得自己大聲跟毫不相關的人謝罪說：「我真的是公司的惡性腫瘤，給您添了麻煩，真是非常抱歉！」這種屈辱簡直像是在傷口上撒鹽跟辣椒一樣地痛苦。

更有甚者，佐藤還會說：「就是！因為你又蠢又笨，浪費了多少人寶貴的時間和金錢！喂，你的頭不夠低吧！」他會把你已經彎到九十度直角的腰往下按，讓你的腦袋都抵到膝蓋，讓你的臉像火燒一樣發燙。全部針對自己而來的：「怎麼了怎麼了」、「哎喲又來啦」的冷淡態度；有時候還真的得下跪磕頭，實在讓人無法忍受。

跟幾乎沒見過面的人道歉也就罷了，特別是去企劃課——我以前工作的部門時，真的非常討厭。突出的腹部本就很沉重，就算哀求佐藤不要這樣，他也只淺淺一笑，毫不留情地實施「懲罰」。哀求他反而挑起了他施虐的欲望，你越不情願他罵得就越起勁，謝罪的時間也會更長。

經歷過一次之後，就能讓你一敗塗地什麼也不想做了。佐藤還特別擅長挑出我們的錯誤。

「……還有就是說我很無趣，自己喜歡喝酒，非得下屬陪著喝，還不肯自己出錢，豬公，你拿的薪水是最多的好嘛！每次我都想這麼說。」

田所先生好像掐準了我們一一回想起佐藤的惡形惡狀似地，皺著眉頭這麼說道。是啊，我對他點頭。

「對啊對啊。沒辦法用公司的錢喝酒的時候，就跟屬下說：『喂，記在你帳上啊。』當場叫別人付錢。結果欠到後來總額是多少，田所先生是不是說超過五萬就懶得計算了……」

「相馬小姐，不是五萬。是七萬啊。我從來沒見過他掏出錢包。分明是大家一起去喝酒，完全不管別人方不方便。要是我們事先有約了，就要我們取消，要去哪裡也一定由他決定。」

我的歡迎會根本沒有我置喙的餘地，去居酒屋跟陪酒俱樂部，一去好幾家。我被迫一直吸他的二手煙，真的非常難受。我擔心肚子裡的孩子，又很想吐，回想起來就覺得糟糕透頂。結果雖然是歡迎會，被迫出錢請客的竟然是新來的我。完全不知道歡迎會的意義在哪裡。

「而且喝酒的時候還要發酒瘋！往自己臉上貼金，講上幾個小時還算好的呢。」

村上小哥也加上一句。簡直像是燒酒加冰塊一樣雪上加霜。

——其實不只剛剛說的那些，他還有其他的惡形惡狀。能夠有這麼多罄竹難書的槽點也不容易。就算他是絕世美男子，也沒法讓人原諒。更別提他的外表邋遢，簡直是個腐爛的肉包子，還長了名為鬍碴的霉。簡直是無可救藥。

可能是聯想到豬公吧，村上小哥用力拿叉子戳著豬肉燒烤，打心底呻吟出聲。

「……不是啊，為什麼他這樣亂搞，既不會被開除也不會被降職呢？謠傳說他是靠關係進公司，靠關係不清不楚地升官的就是了。」

「是吧。也有人說他可能手裡握著某個大人物的把柄；還有說他是一直跟公司牽扯不清的某個大型宗教團體幹部的親戚之類的……這好像是真的。因為這層關係，也跟社外其他公司的好幾個董事有私人的交情，在人事部也非常吃得開……」

事實上，每次喝酒的時候，佐藤都滿臉通紅地講述自己的光輝事蹟，除了每天威脅我們的老套之外，絕招就是這個。

——「以前有偷偷跟我唱反調的笨蛋。煩得要命就乾脆把他踢到鄉下去了，結果他自己辭職，真是沒骨氣啊。」

——「屬下這些人，要是礙手礙腳的話，直接**讓他們被踢**就好了。就算下手重了一點搞砸了，下一個目標不管多少**都有人補充**的啦！」

那些話一定全部都是胡扯吹牛的。雖然理智這麼想著，但他的言行舉止都透露出真實的意味，還聽說了有不知出處的目擊證言：「見到佐藤跟高層很熟稔的現場。」最重要的是，儘管如此惡形惡狀，到現在為止他的地位和工作都沒有動搖，光這點就可以證實佐藤是個真實身分不明的怪物。當然以前好像也曾經有勇士反駁說：「你也差不多一點！」然後這些勇士全部都離開公司，要不然就是被安上不合理的錯處，挨罰減俸的樣子。

這些謠言使用「好像」、「的樣子」、「聽說」這些詞彙，讓人有負面的想像，最後會自己達成結論：「佐藤真的跟人事部門有關係，到相關部門去申訴，遭殃的可能是自己也說不定。」「要是反抗他，不知道會發生什麼事。」我們都產生這樣的危機感，喪失了對抗那傢伙的勇氣。

——之所以這麼無望，是因為那傢伙是我們的上司。每年慣例的人事評鑑都握在他手中，此外是否調職調去哪裡也都在他一念之間。

很多工作沒有佐藤蓋章就無法進行，不跟他報告不能任意進行的事情也很多。有這種規模的公司，果然還是有一些沒辦法略過的過程。即便被吸取了養分有損健康，還是得繼續飼養下去。與其說是豬公，可能比較像寄生蟲吧。

佐藤從不知道多久以前就開始統率這個部門了。因此這裡是被下了詛咒般「不管新人有多志得意滿地想大展身手，幾乎百分之百都會氣餒，不是辭職就是停職」的黑暗部門。這裡的人員是最低限度，只要少一個人，就立刻要有犧牲者遞補上來。

村上小哥一直請調，要是順利的話，在今年的例行職位調動時應該可以離開，但我的前任因為身心不適為理由突然退職，村上小哥只好留下來。人柱就是這個意思。因此失意的村上小哥成了人柱，就這樣每天吞鎮定劑來上班。有心理疾病的前輩本來就不只村上一人，以前還有人自殺過……不過這就難說到底是不是真的了。

另一方面田所先生則堅忍不拔地適應了環境，早就放棄了調動。一方面咻咻地閃避佐藤的攻擊，但他因為在這裡待得太久了，佐藤也最容易把工作推到他頭上。「不用擔心，我能吃能睡，沒問題的！」他雖然開朗地笑著這麼說，但黑眼圈已經在他臉上獲得了永久居留權。

幸運的是，有這樣的上司，同事之間就很同仇敵愾，能這樣聚在一起吐槽，也聊堪告慰了。

——「這裡，從以前就是佐藤的巢穴……所以《移交書》不只是業務方面，也是大家發洩壓力用的。」

我一調職過來，田所先生教我的不是業務，而是某個秘密檔案的存在。

那就是《移交書》。

坐鎮在部門共有檔案的最下層，加了只有同事才知道的密碼鎖，形式是最單純的文字檔。這個檔案的用處在於只要對佐藤有所不滿，就可以在上面以不記名的形式任意發洩怨恨。

這個檔案一開始到底是怎麼來的呢？好像沒有人知道緣由。很可能是佐藤剛來這個單位的時候，當時無法忍耐他的部下採取了行動。這裡蒐集了他的種種惡形惡狀，可能是準備跟人事部門舉報的吧——這是田所先生的推測。他到這裡來的時候，檔案就已經存在了。

話雖如此，就算做了這種東西，也沒辦法把豬公趕到其他的部門去。結果還是除了自己離開之外，別無他法。當然調職是最好的。要不然就是辭職，或是生病、生產；要不然就是想不開的人最終的手段——不，還是別說了。

從這層意義來看，我即將生產多少能稍微感覺輕鬆一點。但是就算能休規定的一年半育嬰假，結束之後還是一定要回到這裡來上班，只要想到這個就心情沉重。私生活是無法休假的家事和育兒，來上班就得照顧豬公。什麼啊，這個世界是人間地獄嘛。

我個人的私事先暫且不表——只說歷代大家忍受著壓力的結果。惡行紀錄是沒有辦法上報的，話雖如此但沒有個發洩的地方不行。

如此這般，《移交書》便一直到現在都是大家發洩的垃圾桶。

只要發生了跟佐藤有關的事情，就會有人打開檔案，打開的人在其上盡情地怒吼。「國王的耳朵是驢耳朵」，也就是個「樹洞」。但現實畢竟跟童話故事不一樣。佐藤並沒像故事裡的國王一樣，痛改前非；更別提佐藤甚至根本不具備覺得自己的驢耳朵丟人的常識。因此大家怒吼的內容自然日新月異。「真想把國王的驢耳朵給扯下來」這樣。

「想把你關在大家看不見的地方，把你的臉揍到看不出來是誰的地步。對著你大吼你幹的好事就有這麼惡劣。」

「把裝著玻璃碎片的塑膠袋罩在他頭上摩擦，用力踢他的腦袋。要不把玻璃碎片塞在他嘴裡，然後揍他的臉更好。」

「在他手指甲縫裡一根一根插上針。或是把指甲一片一片剝下來。」

也就是說《移交書》到目前為止，與其說是記載佐藤的惡形惡狀，不如說是將各種無法實現的私刑幻想累積而成的詛咒檔案——而且終究一直都在那裡。

此外，最近輸入的數量村上人柱佔壓倒性的多數。雖然原則是不具名，但因為只有我們三個人，看文風以及修改的時間也知道是誰在抱怨。

然後內容也是：「把燈芯插進肚臍裡點火，像蠟燭一樣燒他三個月」、或是「讓野鳥把他兩個眼珠子都啄掉」，內容似乎越來越走偏。什麼把燈芯插進肚臍裡，又不是三國志裡的董卓啊。真的漸漸朝變態的方向前進了。

我其實也沒什麼資格說別人。自己輸入紀錄的次數都已經數不清了。田所先生應該也是一樣吧。就這樣——《移交書》的內容日益充實豐富。

總之除非有什麼奇蹟出現，我們就不得不繼續飼養公司的這頭豬公。至於這頭豬公的處境，人事部門認為「總而言之對公司的利益沒有什麼太大的影響，那就不用管了」。更有甚者，把人事部門判斷為「還算可用，但就算派不上用場了也不可惜」的人員派過去，然後從旁持續觀察吧。這裡簡直就是被捨棄者的最終墳場。

只要公司這樣對待佐藤，就算跑到勞工局去抗議，把他罵人的錄音當證據起訴的話，就等於自己丟了飯碗。

我眼下——還沒有這樣的勇氣。

要說是為什麼，因為我還是沒辦法不抱著一絲期待。

因為等順利生完孩子，育兒也告一段落，我還想再度投入全職工作。公司也可能再度把我調回主要部門也說不定。企劃部的工作雖然很辛苦，但是做起來很有成就感。

其實這份社內雜誌的工作也是這樣。現在雖然是這種狀況，但能給在同一家公司工作的同事提供有利的情報，其實非常有意思。即便不是什麼重要的工作也一樣。以現況來看環境不可能做什麼大事，但要是以後佐藤不知怎地能調職離開的話就難說了。就可以憑著自己的決斷，做各種各樣想做的企劃……

總有一天。到那一天的時候。

這黑白的日常，或許能有變成五彩斑斕的一天也未可知。

田所先生和村上小哥心裡在想什麼我不清楚。也不知道他們在來這個部門之前經歷了什麼。但一定跟我差不多吧。

只要還身為大公司裡的小齒輪，不管是因為什麼理由還在使用生鏽的零件，就一定在哪裡會出問題的。因為公司的運作都是齒輪合作運轉的結果，出了問題必定有人要倒楣。

沒有任何人意識到這一點。直到自己成為那個出了問題的部分。然而這是公司在每日正常營運的過程中無法避免的事情，必須的犧牲。

所以我們忍耐著各種不合理的待遇，一面暗自希望有一天自己能脫離苦海。每一天都像沒有盡頭的地獄之旅，我們只能被消費、被消化。

想逃離。這是心裡唯一個寄託。

「這要持續到什麼時候啊？」

我一面切著淋上芥末醬的烤豬排，一面喃喃自語。田所先生和村上小哥同時朝這裡看過來。

「那傢伙，要在公司待到什麼時候啊？」

《移交書》到底要累積到多少百萬位元組，多少十億位元組，他才能從這裡消失呢？

「要是沒有他就好了啊。」

說起來容易——但那傢伙八成會在這裡待到退休吧。

這裡是公司的墓地。豬公的最終歸屬吧。我偷偷地笑起來，另外兩人也同意：「都已經到現在這個地步了啊。」「我也每天都這麼想。」

我不經意地瞥向窗外，在地面熱氣蒸騰的灰色街景中，只有鎮守神社的綠意搖曳晃動。

對了。在這家咖啡店，能看見那座神社啊。搞不好，開始記錄《移交書》的歷代前輩們，也從辦公室垂眼望向同一座神社，一面心中暗自祈願也未可知。

希望不是自己離開，就是佐藤消失。希望能用某種方法，結束這抑鬱的一天又一天。

「孕婦產檢？相馬，怎麼又來了！」

——那天我又一面聽著豬公怒吼，一面極力忍住面頰的痙攣。

「女人就是好命啊。只要生個小孩就能輕輕鬆鬆地工作。啊～啊，我也好想休產假喔！！不僅這樣還能因為產檢理所當然地早退～是吧？這日子也過得太輕鬆了吧。」

「對不起。……真的給您添麻煩了。我因為有嚴重的靜脈曲張，所以醫生告誡我說要頻繁地去婦產科檢查，要不然可能會出什麼問題。」

其實昨天我也附上了親子記事本的影印本，跟你報告過了……我心裡這麼補充說明。佐藤的表情明顯地扭曲了。他的表情讓我聯想到在微波爐裡加熱過度，皺成一團的肉包子。

「我早就說過了煩不煩啊妳！！」

到底是什麼地方惹到他了，肉包子突然大聲吼叫起來。

「這種無聊的事情，不要一天到晚說個不停。妳這個女人自我意識過剩，嗯心死了。妳想被調到鄉下地方去嗎？！光是仗著自己是孕婦的身分，堂而皇之地給公司添麻煩就已經夠了，現在還性騷擾啊！」

這種話輪不到你來說！我嚇下幾乎脫口而出的台詞時，他還追加了一句：「去搞妳的什麼健康檢查吧，去把兩條大腿張開給人家看呀。」你說這種話才是性騷擾好吧！

我忍住要嘆氣的衝動，低頭行禮，回到自己的座位上。

咕嚕咕嚕，哼哼唧唧。

——佐藤說的話全部都是豬叫、豬叫、豬……

啊——，不行了。

雖然想要靠自我催眠安慰自己，但在心底累積沉澱的厭惡感無論如何都無法消除。雖然早就知道不要期待跟他解釋能說得通，但每次都覺得「哎，到這個地步也太過分了」，這樣修正下限。恫嚇這種事情，總之就是不由分說讓人畏縮的。不管內容是什麼，只要污言穢語大聲咆哮就可以了。

然後我發覺難以言喻的不快感，早在來上班之前就存在了。

——最近漸漸變大的肚子壓迫著內臟，工作的時候當然難受，就連上下班通勤的過程也很辛苦。不僅賀爾蒙不平衡，心理健康也岌岌可危。

我丈夫通常回家都已經非常晚了。他累了一天回來，我不可能要他做任何事情。結果家事也全部都由我負責。這也是無可奈何的。

但是，比方說——洗衣機開始運轉之後，才發現扔在房間角落的襪子。半夜睡眠不足搖搖晃晃地走到廚房喝水，看見餐桌上只把食物吃完什麼都沒收拾的餐具碗筷的時候。

……啊啊，心裡就會這麼想。

從喉嚨深處逸出的嘆息，連空氣都沒有震動，只靜靜地堆積在心底的那種感覺。嘴裡泛開的苦澀味道……

不對。不是這樣的。

我在想什麼呢？這跟工作完全沒有關係。真的，一切都亂套了。不管怎麼想，都沒有意義的……

我一瞬間閉上眼睛，想把多餘的思緒從腦袋裡趕出去，但各種念頭縈繞不去，我的努力以失敗告終。

「懷上了也是無可奈何的不是嘛。雖然怎麼剛好就碰上這個時候呢？」之前的部門我一直非常尊敬的課長的聲音，在耳朵深處響起。

當時感覺到的虛脫感。我的小孩，對他來說，也就是對公司來說是「沒辦法的事情」，而且「碰上這個時候」非常不方便。像死神的鐮刀一樣揮下來讓妳認清現實。不，即便如此……一定要刻意讓我知道的意義在哪裡呢？

──「仗著自己是孕婦的身分，堂而皇之地給公司添麻煩。」

我再度反芻佐藤的話。

他的那句話以公司的立場來說，一點都沒有錯。正因如此就像魚刺一樣如鯁在喉……好痛。

到處去給人下跪道歉，每天都被上司痛罵。佐藤的夸夸而談，就算只有一丁點正確，我都不願意承認。因為，分明是他不對啊。就算我有錯，跟他比起來根本不算什麼不是嗎……

真是──冷靜一點吧。

真的。

一波接一波不斷湧現的不悅，讓腦袋好像要燒壞了。我想冷卻一下，但這麼一想發現辦公室的空調本來壞了啊……之前就已經跟總務課提出修繕的要求，但卻一直無人處理。

因此，困在跟三溫暖蒸氣室一樣的辦公室裡，頭上的汗猶如大珠小珠落玉盤。我因為懷孕的關係，衣服不能穿得太輕薄，腹部本來就溫度高，結果就是更熱了。就算用冷凍的寶特瓶水跟自己帶的小風扇對抗，在盛夏的東京市效果就像手動把冰塊扔進燃燒的熔爐裡一樣。腦子都快要融化了。老舊的建築連電梯也沒有，爬上四樓辦公室就已經是重度勞動了。

不對，等一下。

等等，這樣對待我們，是不是有點太過分了啊？公司的各位大人們，至少整頓一下勞動環境啊……

無處可宣洩的憤怒、失落在腹中翻騰。在乾澀的笑聲振動聲帶前，用吞嚥的口水壓下去。發出咕嚕的奇妙聲響。

無論如何，最近輸入的一直是村上小哥，這次輪到我打開《移交書》了。

我一面搔著瀏海，一面用指尖輸入密碼。打開的檔案最後一行是「把那隻性騷擾的豬頭變成烤豬，送到附近的咖啡廳去賣」——我突然停下了手。

引起我注意的是前一條留言。

首先引人注意的是字的顏色。大紅色。內容形式也跟之前大相逕庭。平常的話都是先打一個●，然後接著條列式的幻想酷刑。

先只有一行，兩個字。

「預言」

然後換行，再三個字。

「掉錢包」

「咦？」

我不由得訝異出聲。

我慌忙掩住嘴，幸好佐藤好像沒有注意到，那張滿是鬍碴骯髒的胖臉完全沒有轉向這邊的意思。

我偷偷呼出一口氣，再度望向那幾個字。「預言」、「掉錢包」——不管看幾次都是這樣。

「相馬小姐，怎麼啦？」

趁著佐藤沒注意這邊，田所先生悄悄地問我。我悶聲說：「沒什麼……」只回答：「我看了那個檔案。」

望著那簡單明瞭，而且毫不客氣的平假名，我的胸口似乎漸漸輕鬆起來了。

但是，掉錢包啊。嗯。

以最近的內容來說算很平淡，但卻是會慢慢有點意思的哏……

這是村上人柱的手筆嗎？昨天他也被欺侮得很慘。

我把頭傾向一邊，關掉《移交書》的檔案。然後那天我再也沒想起檔案的事了。

＊

「啊——真是夠了！」

第二天早上，跟平常一樣堂而皇之過了上班時間才進來，跟平常不一樣踢門大叫的佐藤，讓我們坐在自己位子上面面相覷。

是不是該問一下怎麼了呢？但是，沒有人想主動去搭話，誰去問呢？是要剪刀石頭布還是抽籤呢……？我們三個偷偷用眼神交流，還沒人開口相詢的時候，佐藤就自己暴露了。

「我的錢包！被誰偷了！媽的該死！要是今天找不到，就把犯人給宰了！」

在那之後，根據他自己叫囂的內容，應該是今天早上搭電車來上班的途中把錢包弄丟了。裡面有不少錢不說，錢包本身好像是有名的高級品牌。「絕對是扒手！一定不能就這樣算了！」佐藤滿面通紅，吼了不知多少次。

發生了這種事竟然還有心情來上班，這也真是稀奇了。然而他的交通卡也放在錢包裡面，要回頭也回不去。原來如此。

……錢包。

聽到這個詞的瞬間，我立刻想起了那個「預言」。

沒想到。真的丟了啊。

太厲害了。雖然不知道昨天輸入的人是誰，但作夢也沒想到預言竟然真的會成真。

……這麼說來，到底是誰輸入的呢？

我覺得有點寒毛直豎。不不，追究這些無謂的事情沒什麼意義。基本上《移交書》就是匿名的，也就是說，絕對不追究到底是什麼人的抱怨。反正不是田所先生，就是村上小哥嘍。

「所以你們誰借我一萬日圓。現在我身上一毛錢都沒有。信用卡也全部都停用了。」

佐藤聳著肩膀走到我們旁邊來，突然伸出長了毛茸茸的手。我還來不及害怕，田所先生就一言不發地從錢包裡拿出一萬日圓鈔票遞給他。佐藤像用搶的一樣奪了過去。喂，不道謝就罷了，還咋舌呢。

更有甚者，他說的「借」，就等於是「給」。我在心中提醒自己中午休息時得幫田所先生募捐一下；接著就埋頭處理自己負責的報導工作。這個〈本公司期待的新人〉專欄，是訪問各個部門的新進人員，讓他們闡述自己對工作的抱負和熱情。還不知道職場險惡，光鮮亮麗的新人們說的話，對漸漸失去信念的老員工而言，實在有點太過耀眼了。

我終於寫完初稿，接下來讓佐藤確認就好，但從早上他的樣子看來，明顯心情很差。毋寧說，他一定會藉機遷怒發洩，叫我重寫。啊啊，真難開口。但是，待會兒馬上要開會了，客觀看來時機就只有現在。

遲疑半晌的結果，我還是打開了《移交書》的檔案，逃避現實。

「……？」

睛。

我一層一層地打開檔案，把鼠標停在目標檔案上時，停下了手。我眨了眨眼

今天大家都很忌憚佐藤，還沒有人主動去跟他說過話。所以應該沒有任何更新才對。因為沒有可以抱怨的素材。

但是，檔案更新的時刻，是幾分鐘之前。

……嗯？會是什麼呢？預言的人是不是寫了：「竟然被我說中嚇了一大跳」之類的話呢？要不也可能是「活該」之類的。

我瞥向田所先生和村上的方向，他們都對著自己的電腦，頭都沒抬。到底是誰剛剛更新了《移交書》，完全看不出來。

我把頭傾向一邊，打開了檔案。

果然，有新增的內容。

但是留言跟我想像中完全不一樣。

「預言」

又來了。

空了兩行，追加了紅色的文字。然後重要的是內容。

「從樓梯上跌下去」

哎喲媽啊。……從弄丟錢包這種精神攻擊，轉向物理攻擊了啊。

順便一提，我們這棟樓的樓梯還滿陡的。每層樓的樓梯到樓梯平台之間也不短，要是跌下去不僅很痛，看情況還可能會有性命危險。這預言也太直白殘酷了。

我不由得露出扭曲的微笑。《移交書》從不久之前大家輪流發揮的幻想，漸漸變成帶著現實意味的內容，確實有點有趣。

……雖然上面寫的事情竟然真的實現了一次，讓人有點不安，不想正視。

——喏，你們兩位啊。

這是……誰寫的呢？

我再度偷偷瞥向田所先生和村上小哥，但他們仍舊沒有注意到我。

＊

「哎？那個，不是相馬小姐妳寫的嗎？」

那天午休的時候，我們又去那家咖啡店開午餐會議。——田所先生訝異的聲音讓我皺起眉頭。

「咦？！不是喔。我以為一定是村上呢……」

「我，我嗎？！不是不是，我昨天連檔案都沒有打開過啊！」

「哎喲，這樣說來我也沒打開呀。」

詢問之後發現，昨天我關閉檔案後，到今天開啟之前，村上小哥出去採訪，田所先生到別的部門去開會，沒人留在辦公室裡。佐藤忙著抽菸沒看電腦，更別提他不可能參與這個檔案的編輯。最後儲存檔案的時間也並沒看錯……

「相馬小姐昨天不是被罵豬什麼什麼的嗎？所以我以為一定是洩憤吧……但是，確實字是紅色的，還是平假名，跟妳的風格不一樣就是了。」

「不，真的不是我啊。既然這樣，那就是……是系統錯誤？」

「怎麼可能。系統錯誤還會自動添加內容啊。……算了，沒關係。《移交書》的規矩本來就是不追究什麼人寫了什麼的。不要在意了吧。」

田所先生這麼說，這個話題就到此為止了。

但還是……沒錯啦。

這兩人裡不知是哪一位，不知是何用意，寫下那樣的內容。都無所謂了。覺得最不舒服的，可能就是竟然預測中了佐藤今日遭遇的那個人吧。

我覺得有點不自在，停下了切著淋了醬汁的炸豬排的手，不經意地望向窗外。

那座神社的鎮社森林，今日也仍舊在酷熱的都市中靜靜地滲出深綠色澤。

＊

——然而，當天並不是這樣就結束了。

為了不引起佐藤注意，我們都是分別回辦公室的。又因為要爬四層樓，通常都是村上小哥最先回去。田所先生人真好，他說：「要是出什麼事就不好了。」所以總是跟在我後面不遠的地方。

今天我們也按照這樣的順序離開咖啡廳，在午休結束之前回辦公室。我一手托著隆起的腹部，另一手抓著樓梯扶手，慢慢往上爬的時候，突然聽到刺耳的慘叫。

「哇呀呀呀啊！」

接著是砰咚一聲，彷彿什麼重物落地的聲響從上面那層樓傳來。

剛剛的聲音——是佐藤？

「怎麼啦？！」

雖然我很難快速爬上去，但還是盡量趕緊上去，看見佐藤蹲在樓梯平台上，正揉著自己的小腿。「媽的——痛死了……」

佐藤咬牙抖了一陣，然後漲紅了臉口沫橫飛地大吼。

「……是誰！誰把我推下來的！！」

「哎？」

「相馬！是妳嗎？！」

他簡直像是要撲上來一樣氣勢洶洶地逼問我，我不由得護住肚子往後退了一步。

「不，不是！我是從樓下上來的！怎麼可能推你呢！」

「什麼？！開玩笑，我根本沒看見妳上來！」

「不不不，是真的。我跟在相馬小姐後面爬上樓梯的，不可能搞錯！」

趕上來的田所先生擋在我和佐藤的中間，幫我解釋。

「真的嗎？！」

「當然啊，為什麼要說謊呢？我可以發誓。這麼說來……哎？佐藤主任，是被推下來的嗎？」

聽見田所先生訝異地詢問，佐藤吼得更大聲了。

「對啊！我正要下樓的時候，突然有人推我的背後！媽的到底是誰！！報警去！這可是犯罪啊？！混蛋！混蛋！混蛋！！」

同樣聽見騷動趕來的村上小哥也「咦……？」了一聲，驚訝不安地四下張望。我們面面相覷。

「啊，總之先去醫院看看……」

我囁囁嚅嚅地提議。佐藤的腳看起來非但位置完全正常，甚至連腫大的痕跡都沒有。但是他非常誇張地扭著身體。

「當然要去！！怎麼能這樣就算了。我要回家！啊啊，好痛……。今天到底是怎麼回事！才丟了錢包，現在又這樣。偶然的話，也太倒楣了吧！！」

……偶然，倒楣啊。

這樓梯台階段差很大，而且很長；要是不幸摔斷了脖子，那可就糟糕了。可能算是不幸中的大幸吧……毋寧說沒受什麼嚴重的傷，真是太好了……吧？

「那就這樣，喂村上，我要去醫院借我醫藥費。兩萬日圓。」

「哎……？！兩、兩萬嗎……？！」

「哎喲，又不是叫你給我，是借我啊。你的上司有困難喔？！平常一直受人照顧，這種時候應該自動自發地拿出幾萬的鈔票來，才是部下的作法吧！」

我看著佐藤口沫橫飛地逼迫村上小哥，突然感到一陣寒意，想起了一件事。

——預言。從樓梯上跌下去。

《移交書》裡的句子果然在腦中浮現。

這樣一來，「預言」就兩次都中了。更有甚者，「從樓梯上跌下去」，佐藤的話要是沒錯的話，是有人推了他。

我不由得想到田所先生和村上小哥。

要是這兩人其中一人推了他的話……

但是，這是不可能的。我立刻搖頭。

要把人在樓上的佐藤推下來，那必須比我先上樓才行。

至少上樓的時候，田所先生跟在我的後面，所以不可能是他。既然如此，那就是先上樓的村上小哥了？不，雖然最近對佐藤最不滿的就是他，但也不至於吧。但是最近他輸入的內容確實很過火……不、不，還是不會吧……

腦子裡一開始有這些念頭就停不下來，結果就是我沒辦法正眼看著村上小哥了。不僅如此，不知怎地好像覺得他的視線一直望向這裡，讓人不由得心生懼意。

推他下去的，是你嗎？

是不是該看看情況，找機會好好問個清楚呢？

然而，問了又能如何呢？

這個部門，同事之間的感情都很好。上司跟工作都惡劣到極點，但至少同事相處愉快。要打破這種關係，讓人十分不安。要是村上小哥說：「對，就是我。」的話，那我今後要怎樣跟他相處才好呢……

我手心裡都是汗，指尖發冷。分明辦公室裡冷氣一點都不冷的。

我匆匆掃了四周一眼，結果還是打開了共用檔案夾，搜尋《移交書》。

檔案當然還在原處，並沒有改變。

不，說沒有改變是語病。檔案的更新時刻，是幾分鐘以前。

砰咚，我感覺心臟猛地跳動，偷偷地吞嚥了一下。

我下定決心，鼠標雙擊點開了檔案。

果不其然——跟我料想的一樣，又是紅色字體寫著「預言」。

「鋼筋會墜落」

「……！！」

我倒抽了一口氣，盯著那一行字。

——鋼筋會墜落。

無論看多少遍，內容都一樣。

佐藤就這樣早退了的樣子，豬圈裡沒有他的蹤影。

＊

——那一天。

在下班之前，我一直都惴惴不安。

不可能真的那麼誇張吧！我一方面想一笑置之，但到現在已經兩次了……一面又覺得有些害怕。

更有甚者，反抗無效，村上小哥還是給了佐藤兩萬日圓。早上的一萬日圓據說不知道到哪裡去了。我因為處於懷孕期間，工作時間可以縮短，就把募捐贊助的錢交給村上小哥，然後在下班時間前一小時就迅速起身，盡量垂著視線朝門口走去。可能是我多心了吧，但我沒法擺脫他們倆的視線彷彿一直緊緊盯著我背影的感覺。

我瞥了紅色的鳥居一眼，從神社前面走過，急急趕向車站。佐藤說了要去公司附近的醫院檢查，所以若是要回家的話，就一定得來車站，無論如何我們都走同一條路。

我也不知道為什麼自己會有被人追趕的錯覺。

雖然現在還沒有到胎動的階段，但我肚子裡的孩子好像也在發熱，彷彿是在訴說不安。**媽媽，妳還好嗎？**我用手撫摸腹部，低下頭在心中回答這無聲的詢問。**對不起啊。我沒事的。沒事的**。

終於走到能看見車站台階的地方時，發現路邊聚集了好多人，我睜大了眼睛。剛好最近在建新大樓，工地就在附近。

發生了什麼事啊？

我心中有不祥的預感，走近人群窺探了一下。聽到建設公司的員工們表情嚴肅地在討論事情的聲音。人群中還有穿著像是警察制服的人。

那個年輕的警察站在那裡忙碌地進行調查，問了像是現場監工的人許多問題。

「所以，這真的是意外嘍？」

「啊，是的。我都叫那些年輕人要小心了，應該是固定好的……在這之前都沒有出過這種事情……」

「但是現在確實發生了。真是的，幸好沒有人受傷，要是再差一點真不知會變成什麼樣子。以後一定要小心啊……」

對話的內容讓我想起了不吉利的事情。

哎，發生了什麼？意……意外？

我忍住突然從腳底竄起的寒意，焦躁不耐地偷偷像長頸鹿一樣，探頭窺看人群中心。

「啊——」

我不由得驚呼出聲，慌忙掩住嘴。周圍的人紛紛瞥向我這邊，但好像只是以為我被意外嚇到的樣子，很快就失去興趣轉開了視線。

但是我驚呼的理由當然不是這個。我呆呆地站在原地動彈不得。

因為從人行道到車道上——有一根巨大的鋼筋像是要嵌入柏油一樣，橫亙在前。

一看就知道是從上面的建築工地掉下來的。

*

「你們聽我說！昨天啊，從醫院出來要去車站的時候，建築工地的鋼筋掉下來了，驚險得簡直像是漫畫一樣。」
雖然從樓梯上跌下去，但果然似乎沒受什麼傷的樣子。
佐藤第二天若無其事地來到辦公室，忍不住跟大家夸夸而談自己昨天的經歷；我一面聽著他的聲音，一面忍耐著坐立不安的焦躁感。
沒想到，鋼筋……真的會掉下來。沒人受傷，真是太好了。要是砸到了人，後果不堪設想……。
終於到了笑不出來的地步了。
這讓我非常介意。那個「預言」，到底是誰輸入的呢？
既然不是我，那不是田所先生就是村上了，然而他們聽說佐藤跌下樓梯跟鋼筋掉下來的事情，也只是露出正常的驚訝，並沒有「自己寫的詛咒竟然真的成真了？！」的神情。
我雖然有想分別問他們倆：「你們看過了《移交書》嗎？那是不是你……」的衝動，但卻只能極力忍住。我顧慮著「不追究內容」的不成文規矩，不好出口相詢。
……說到頭來，這真的是「偶然」發生的意外嗎？

畢竟佐藤都說了，他是「被人推下」樓梯的。

比方說，……對，比方說。

趁著月黑風高，溜進建築工地裡，在一根鋼筋上動手腳，讓它能在過了一定的時間之後墜落。然後把佐藤從樓梯上推下去，讓他受點輕傷，從醫院到車站的途中，設計他剛好經過建築工地然後讓鋼筋落下。

不不不不，這種像推理小說一樣的情節，不可能真的辦得到吧？

要是真辦得到的話，那果然還是村上——

啊啊，等一下。

我在想什麼呢？真是的。不會有這種事的啊。

懷孕期間容易情緒不穩定，所以才會有這種荒唐的想法嗎？不不不不，真的，不會的啦……但是，這……

腦袋裡好像養著一隻靜不下來的倉鼠似地，白費力氣兜著圈子思考；我不由得嘆了一口氣。《移交書》應該一如既往，靜靜地在原處等待誰來打開。但是我實在沒有想打開共有檔案的欲望。

因為要是打開的話——又有新出現的紅色文字可怎麼辦呢？

然後，又是那全是平假名的文字冷酷地寫著「失敗啦」之類的可怎麼辦呢？我的指尖像是碰到冰塊一樣，我抱住自己，彷彿這樣就可以阻止從背上竄起的寒意。

不要想太多最好。跟我沒關係。完全沒關係。

但是，越想把這一切都當成偶然而拋到腦後，心裡就越放不下那個檔案。

我終究還是敗給了誘惑，打開了那個檔案。

我瞇著眼睛，心驚膽戰地看著更新時間。

——仍舊是跟昨天一樣的時間。

看起來，那個紅色字體的「預言」——我猜想多半是村上小哥的手筆——今天好像沒有新增。

我彷彿渾身脫力一般鬆了一口氣，頹然靠向椅背。

……即便如此，還是讓人毛骨悚然。我皺起眉頭，盯著《移交書》最新的那一行紅色文字。最近出現了「預言」之後，就沒有別人新增過咒罵的內容——這話說起來怪怪的，因為本來也就只有我們三個人。不知怎地就覺得很難下筆。

我略微移開視線，在預言之前的都是毫不出奇，一直都是主流的黑色文字。

這麼說來，最初的「預言」出現之後，是我想輸入要把佐藤做成烤肉的抱怨，才打開檔案的。

我的太陽穴隱隱作痛，臉都皺起來了。

……這麼想來。

《移交書》這個檔案，實在太方便太方便了。

在公司每天承受著佐藤的職權騷擾和妊娠歧視，都用《移交書》當發洩的途徑。然而其實不止於此。

之前的部門給我的評價讓我不服。這次調職，以及周圍同事對我的態度讓我心境複雜。懷孕的壓力。然後，對丈夫日益增長的不滿。

就是這些微小卻無處發洩，在心中日積月累的惡意，全部都轉化為「一切都是佐藤的錯」而發洩出來，《移交書》實在是再適合不過了。

然後就是我們相處和睦的同事——不對，同事之間的同舟共濟感，確實因為咒罵發洩不滿的行為而增強了。毫不客氣地直說「那傢伙真是討人厭」、「真的不需要他」，或是「受不了，乾脆幹掉他吧」；共有這種痛快的惡意，我們才能其樂融融。

直接點燃炸藥的確實是佐藤。但是，是什麼讓導火線縮短的呢？真的只有佐藤嗎？

——回過神來，我已經把「預言」開頭的那串文字拖曳鼠標標注起來，然後按下刪除鍵。

咔喳。鍵盤的聲音聽起來異常地清晰。

那些「預言」當然立刻就消失了。檔案上跟以前一樣，只剩下黑色的文字內容。

我按下儲存按鈕，不由得呼出一口不知道自己一直屏住的氣息。

——對輸入的人不好意思了。

但是，這樣下去的話，感覺我們大家累積的微小惡意，好像總有一天真的會害死人。這當然是我毫無根據的妄想啦……

突然之間——

嘟嘟嘟，我放在上衣口袋裡的手機震動起來。我把頭傾向一邊。

拿出手機，打開螢幕，看見有新的訊息。見慣的夏威夷結婚旅行風景照片壁紙的正中央，浮現的通知文字欄，讓我心臟猛烈地跳動起來。

「不要刪除啊」

——砰咚。

手機掉在地上的聲音出乎意料的大，我生生嚥下驚呼。

……哎？

這是，什麼？

等、等一下啊。

我難以置信地垂眼盯著掉在腳邊的手機。

……不，這是偶然。我還沒來得及看清楚發信人的姓名。可能只是哪個朋友因為別的事情傳來的訊息而已。

雖然這麼想著，但我無法抑制從背後冒出一直延伸到髮際的大片冷汗。總是拿在手中把玩的手機，現在我連用指尖碰到都覺得反感。

「哎喲！好結實的手機啊。聲音很響亮喔？沒摔壞吧？」

剛好在旁邊的田所先生彎腰替我撿起了手機。「啊，謝謝……」我沒辦法，只好用顫抖的手把手機接過來。

因為已經過了一段時間，手機螢幕現在是黑的。我忐忑地按下電源鍵，亮起的畫面上什麼都沒有。

看……看錯了，嗎？

我帶著訝異，不經意地——真的是不經意地，把視線轉回電腦螢幕。

「呀！」

這次我真的發出了驚叫。

螢幕上顯示的是——應該已經被我刪除的紅色文字。

一切都像是沒發生過似地，回到了原狀。「好好看清楚呀」，彷彿有人在我耳邊這麼低語。

這是怎麼回事？……我刪除了吧？還是我只是打算要刪除？我的確按下了儲存鍵，難道是錯覺嗎？

……不可能的。因為我縮小視窗，看了更新時刻，是一分鐘以前。我儲存檔案是在那之前。這個文書處理軟體並沒有自動保存的功能。但是，我並沒有關掉檔案就這樣一直開著的。除了我之外沒有人打開的檔案，是誰輸入了新的內容呢？

我的汗腺開始全力運作，冰冷的水滴像瀑布一樣滑下我的皮膚。我按住胸口衣服下猛烈跳動的心臟，嘗試平復像是被掐住氣管一樣慌亂的呼吸。但是，一點用都沒有。

「相馬小姐，身體不舒服嗎？……妳沒事吧？」

我的臉色應該壞到別人都看得出來的地步了。田所先生皺起粗眉，望著我的臉。

「不要勉強啊。這幾天應該也沒有什麼特別操勞的事情……不過，最近我們難得負責了一個大企劃，可能會有點緊張，但也差不多要收尾啦。」

「謝、謝謝……沒事的。」

我聽著他關切的聲音，撫著胸口微笑回答。有人關心讓人倍覺溫暖，終於能自然地微笑起來。

「那個，相馬小姐……」

我發現村上小哥也正看向這裡，好像有話要說。

「嗯？有、有什麼事嗎？」

我略微尷尬地對他微笑，村上小哥不知怎地卻好像受驚了似地往後退。

「哎……不好意思，中午休息的時候，我有話想說，田所先生也一起好嗎？」

他猶豫不決地偷偷跟我們小聲地說。我望向佐藤，很難得地他似乎並沒有發現我們正在說悄悄話。平常只要發現跟他自己有關的話題，耳朵都尖得要命，會立刻大吼：「你們在說什麼？！」

總而言之，村上小哥有話要跟我們說。

——搞不好，是要跟我們坦白那些「預言」是他幹的吧？

「……啊，好的。」

「嗯，我也可以。」

我一面平復心跳，一面跟田所先生一起輕輕地對村上小哥點頭。

瞥向牆上的時鐘，離中午休息時間還有兩小時。

接下來就是照常工作，等待午休時間到來而已——本來應該是這樣的。

「喂，田所，你過來一下。相馬跟村上也過來。」

豬公的嚎叫就在此時響起。
於是——完全出乎意料的漫長兩小時就開始了。

＊

啊啊——實在太悽慘了。
就在午休的鈴聲馬上就要響起的時候。
我們垂頭喪氣地回到自己的位子上。完全不想回想起這兩小時是怎麼過的。
首先，已經定案的某個企劃，豬公突然提出了反對意見。這個大型企劃的內容和其他部門的協調業務都已經決定了，對我們社內雜誌來說很難得，上級部門還下達了各種各樣的指令。
在這最冷門的部門，對今後的仕途並沒有任何的影響——然而佐藤卻毫無意義地振奮起來，把所有細節都已經決定了的大企劃，突然之間全部推翻。
只是為了他的自我滿足，毫無意義地全部重來。
「這什麼垃圾內容，上級怎麼可能滿意啊！重做重做。真是的，我不說話讓你們搞，就給我這樣偷懶；當然全部給我從頭來！！」

佐藤口沫橫飛地瞪著我們，滔滔不絕。最近連續發生的不幸意外讓他充滿鬱憤，藉此發洩出來，簡直無理到了極點。我們不僅沒有午休，連之前做的所有工作都化為了泡影。

「請等一下。這樣的話，進度完全趕不上啊！企劃內容本身還有跟其他部門的合作，都已經定案了的，我們這裡隨便說要更改實在不太好。」

田所先生突如其來的反駁，看來徹底刺激了這傢伙的虐待狂。

「這種事情，難道不是你們這些連工作都做不好的傢伙要負責嘛！！爬過去跟人家跪下哭著道歉，到他們原諒為止！」

在他大聲斥罵之後等待我們的——果然還是慣例的「謝罪之旅」。

而且這次完全不是我們的錯。他憑著自己獨斷的偏見，要我們為不存在的錯誤去道歉。

「非常對不起大家。全部都是我們的錯，給公司和各位同事添了麻煩……！」

更有甚者，企劃正在如火如荼地進行中。大家本來就已經很忙了，還要離開辦公室跑到總公司去，到相關部門去拜訪，低頭大聲道歉。

而且我們三個人的謝罪之旅，佐藤還一面咋舌，一面遠遠地跟在後面，事不干己地監視著我們。但是，我們在他小聲指示「行了」之前，連頭都不能抬起來的。

不光是這樣，不知怎地——真的完全不知道是為了什麼——謝罪之旅在出發之前，是不允許我們先跟要去造訪的部門約時間的。

因此我們當著突然得到突擊拜訪而困惑不已的各部門同事的面，在眾人「這是在幹嘛啊」的困惑視線下，不斷地反覆道歉。

「咦……？這是幹嘛？」

「那個，社內雜誌的。」

「啊～，又來啦。」

聽到我們四周竊竊私語的失笑聲，我臉紅了起來。不是，這我也明白的。要是立場顛倒的話，我也只能說同樣的話。

我腹部的肌肉不由自主地繃緊，體溫上升，髮際滲出了汗水。

最近稍微走動一下就感覺很辛苦。但是我這麼說的時候，「成天都要去產檢已經夠可惡的了，還要聽妳任性地抱怨？又不是生病，不要用妳身體怎樣了當藉口，給人家添了麻煩，就應該直接道歉不是嘛！」他斷然駁回；在豬公手下做事，真的太艱難了啊……

就這樣，幾乎整個上午都耗在謝罪之旅上，再度回到辦公室的時候，我們三個人全都面色灰敗。

渾身無力的感覺不是蓋的。臉上的肌肉也完全沒了力氣，自己現在的表情想來跟能劇的面具差不多吧。

……搞什麼啊？喂。

不僅什麼工作都沒完成，半天的時間就這樣煙消雲散了。那件重要的企劃要從頭開始做的話，分明一分一秒都不能浪費的。更別提完全是因為欲加之罪，而不得不去道歉。

這件事，豬公沒有半絲半毫正確可言。

要是我們犯的錯，那還能夠忍耐著去各處道歉，但這個樣子，實在是……

豬公的蠻橫無理——我想我們三個，都已經疲累到極點了。

不管是誰，打開《移交書》幾乎都是下意識的動作。

對徒勞之舉無處發洩的憎恨，當然還有對豬公個人的怒火，以及這次正義確實站在我方的義憤全部加起來，成了亂七八糟混在一起的熾熱。完全無法控制的洶湧澎湃的情緒波濤，只想找個地方發洩。鬱悶地想打開那個檔案的時候，卻跳出「其他人正在使用無法開啟」的訊息視窗。

拜託，快點吧。快點，讓我編輯。

簡直像是要拉肚子時排隊等上廁所的心境一般，堆積在胸口的黑暗急需宣洩的出口，我用食指不耐地敲打著桌面。

終於能打開檔案的時候，上面已經添加了另外兩人的心聲。見慣的以㊙開頭的條文，只有形式冷靜，令人不禁失笑。

「你他媽的不配有人權！垃圾王八蛋豬公，出個意外把腦袋都撞得血花四濺不成人形！乾脆被宰了算了！被刺殺算了！回家路上被殺人魔亂刀刺死算了！片成肉片去死吧！死吧！死吧死吧死吧死吧死吧死吧死吧死吧屎吧」

毫無章法地亂打「死吧」，這應該是村上人柱的手筆。最後這一句激動得輸入錯誤也太常見了。

「真的累了啊。全部都無所謂了。真希望他明天開始就甭來公司吧……」

接著是田所軍曹輸入的冷靜但確切的期望。為了要維持人設，不知怎地連文字也帶了關西腔，有點怪異又不合時宜。不記名根本毫無意義。

兩人發洩的怒火讓我稍微覺得好過了一些。說得好，我半是同意，半是料想到剛才決定的緊急午餐會議，可能會偏離本來的主題，轉而討論這件事了。終於輪到我輸入，我也發洩了自己心中的思緒。

「真的，誰把他幹掉吧。今晚就行。希望是被刺死的。（笑）」

可能是昨晚我肚子不舒服一夜沒睡好的關係——隨著心裡所想寫下的字句，比以往都要激烈。

然而，就打了這麼一句話，就像是擺脫了重負一般輕鬆了起來。我按下保存鍵關掉檔案。用鼠標點掉檔案上紅色的×時，不由得呼出一口氣。

「喂，妳嘆什麼氣？啊？」

「？！沒、沒有。」

佐藤的聲音在身後響起，我嚇了一大跳。

「妳是想抱怨嗎？要是你們一開始就好好幹。我也不用說些自己不願意說的話好吧！你們這些垃圾。」

「啊，不是……我沒有……」

「那就不要嘆什麼氣，快點幹活。煩死了。」

幸好，他沒看到畫面。佐藤好像只是要上個廁所，罵完人之後還咂了嘴，然後邁著羅圈腿走出辦公室。

「……」

啊，好危險……

我斜眼確認他的背影完全消失，然後不知怎地又把檔案打開來看。剛才突然關掉的，是不是儲存好了呢？其實只不過寫了一句話而已無所謂的……我心裡這麼想著，但眼前卻出現了紅色的文字。

新增的一行，是用平假名寫的。

「放心吧。」

只有這樣。

——我打了個寒噤。

彷彿有無數隻冰冷的手撫過我的後背。

我倒抽一口氣，瞪著那一行字。

我關掉檔案，然後又打開。

不管看多少次都一樣。

「放心吧。」

簡單的三個字。

放心？放什麼心？用不著確認，因為在此之前，就是我們三個在衝動下發洩的對佐藤的憎恨。

不對，不是這麼不痛不癢的東西。

我們打心底希望有人馬上把佐藤宰了，胡亂書寫的文字——

——叮咚、叮噹。

就在此刻，中午休息的鈴聲像是要把空間撬開一樣響起，我吐出了不知自己一直屏住的氣息。

心臟狂跳不已，咚咚咚咚地震動著耳膜。分明我也沒運動的說。

然後突然有人把手放在我肩膀上。我不由得畏縮了一下。

「……去吃中飯吧。剛好豬公也不在。」

我轉過頭，看見臉色怪異的田所先生。可能是我心理作用吧，他後面站著的村上小哥，臉色也很蒼白。

＊

走向平常去的那家咖啡廳途中，我一直在想該怎麼跟村上小哥開口。

當然，要問他的問題早就決定了。

錢包、樓梯，還有……鋼筋。不是你做的吧？

剛才的那三個字也是。不會真的，要殺了他吧？

不是吧？一直都是開玩笑而已吧。沒錯吧？

但是我沒有勇氣開口。

剛才我還被對同樣不合理的憤怒驅使呢。在走向咖啡廳的途中，我們沒有人說話。

我們被帶到慣常的沙發座位，點了每日定食——今天是豬排飯——然後陷入沉重的沉默中。

怎麼辦才好呢？我四下張望，環視店內。然後下定決心問村上。盡量努力聽起來輕鬆自如。

「你要跟我們說什麼？」

「哎，那個……」

村上小哥好像難以啟齒般地低下頭。他一直盯著自己放在膝上的拳頭，最後終於像突擊前的士兵一樣，鼓起勇氣問了我們。

「那個，不是相馬小姐吧？」

「……咦？」

啪喳。

我覺得我自己應該跟這個擬聲詞一樣裂開了。我想問他的話，反而被他先問了我。

「啊，哎，那個。也，也不是田、田所先生吧……？對不起，問了奇怪的問題。」

他垂頭喪氣，好像突然沒了自信。我和田所先生瞠目結舌地望著他。

「不好意思……我確認一下，你是指那些紅色文字的內容吧？」

「對、對的！移、《移交書》！打破了不管寫什麼都不追究的規矩，真的很抱歉，可是……」

「那件事，今天我也想要問你的。那些預言，會不會是村上你幹的呢？……」

田所先生茫然地喃喃道。

「咦？！不，不是我啊！！我以為一定是，相馬小姐或者田所先生，你們兩個寫的。」

「咦？？不、不是我！我以為一定是村上你呢！雖然違背了不成文的規矩——但我覺得實在有點過分了應該制止一下……」

「當然也不是我啊。……這麼說來，到底是誰寫的呢？」

「……這個……」

我不知該怎麼回答。

「……不是我們三個人中任何人寫的，那……」

最後開口的是田所先生。

「最後一行，大家都看到了吧？」
「看……看到了。」
我點點頭。
簡而言之，就是我們下的詛咒：「誰來用刀把佐藤刺死吧」，然後那行紅色文字回答了我們：「放心吧。」
「我，不是我啊。」
這次終於是村上小哥開口。他臉色蒼白如紙，還發著抖。
「最近總是出現新的奇怪留言，我也遲疑要不要用那個檔案。但、但是……今天真的氣昏了頭……我也不知道自己為什麼會寫下那些話。」
「我也是……覺得眼睛都紅了，實在忍不住。」
我的聲音哽在喉中。我很清楚這只不過是藉口。田所先生也臉色難看地點點頭。
「我也一樣。……希望這個人不存在就好了，所以才那樣寫的。不管用什麼方式，也不知道是什麼人……要是萬一，真的實行了的話。」
今晚，在回家路上的佐藤——

「警－警察。」

村上小哥探出身子，又咳又叫般舉起手說道：

「去報警吧！」

「……那樣也沒用吧。警察只會覺得是惡作劇。」

田所先生托著下巴，皺起眉頭。

我接著指出，這對我們來說已經是最低限度的自我保護了。

「要是惡作劇能解釋過去就好了……那個檔案，該怎麼解釋呢？」

聽到我的話，兩人都不知如何回答。

因為《移交書》不管怎麼看，都像是大家一起合謀的殺人計畫啊。

警察看見那份檔案，得知至今發生的事情經過的話，會怎麼解讀這一切資訊呢……

首先冷靜下來想一想，其實並沒有確定真的會發生什麼。

「所以……」

我張開嘴──但把想說的話又吞了回去。我被自己的念頭嚇到了。

所以。所以，什麼呢？我要說什麼呢？

乾脆不要管了吧，之類的。假裝沒看見吧，這樣。接下來當然就是這些話。
就這樣袖手旁觀嗎？……置之不理，真的可以嗎？

——佐藤反正只會妨礙我們工作。

為了我們部門所有人，為了公司好，應該趁早除掉這個人才對。
那些紅色的留言，雖然不知道是誰所為，但至少看起來不是我們三個人。
就算佐藤發生了什麼事，那也是他自作自受，跟我們無關。
因為又不是我們親自下手。因為還未可知的事情就去驚動警察，反而會引起不必要的疑心，讓那頭豬公把我們的未來都毀了，這樣真的好嗎？
我抿住嘴唇，把手放在腹部上。快要出生的，珍貴的新生命。孩子的媽媽捲入莫名其妙的麻煩中不好吧……
然而，無論是多麼惡劣多麼糟糕的害蟲一般的男人——要是現在視而不見，然後佐藤真的遭遇了什麼致命不測的話……
我有臉面對這個孩子嗎？

能夠冷酷到對這件事毫無悔意嗎？

——就像那樣。

多次詛咒他，笑著說他被殘酷地宰掉就好了。

……更有甚者，其他跟佐藤無關的壓力，可能也全部讓他背了鍋。

要是自己跟那份《移交書》裡記錄的東西，能扯上一丁半點的關係的話。反正一切都是他的錯，所以他死了也是自作自受。我能這樣笑著拋到腦後嗎？

即便如此，我也不知道該如何是好。完全沒有解決的對策。令人沮喪。

「也是。這樣相馬小姐就別擔心，早點回家吧。」

田所先生突然開口，我茫然地眨著眼睛。

「夜深了還在外面逗留，對孩子也不好。」

「哎，但、但是——」

那樣不行的不是嘛。我回答不出來，只囁嚅地重複反駁的連接詞。但是，田所先生提出了料想不到的提議。

「嗯。我有事情想跟你們商量。今天呢，我跟人柱一起跟蹤一下佐藤如何？」

「什麼？哎、哎、我嗎？！」

村上小哥好像也跟我同樣驚訝，他用手指著自己，發出驚愕的聲音。

村上小哥瞪大了黑白分明的眼睛，終於冷靜下來說：「啊……這樣或許也不錯。」他似乎同意了。

「因為，要是沒有發生任何事情的話，那些紅字就只是某個人的惡作劇而已。在此之前的種種……雖然太過巧合讓人不安，但一定只是偶然而已。要是真的出了什麼事，就一定會驚動警察了。」

「就是這樣。那就這麼決定了。」

他們倆兀自點頭，我急忙插嘴說：

「等、等一下，這樣的話，那我也要去跟著。」

「咦？但是相馬小姐妳要先下班，一直等到晚上不太好吧……」

「就是啊。雖然我相信不會發生什麼事啦……。但要是孩子有什麼狀況就糟糕了啊。」

面對驚訝的兩個人，我遲疑地提出了建議：

「確實可能是本末倒置了，但今天就讓我在這家咖啡廳消磨時間吧。畢竟要不是三人一起，就沒辦法真的確定，那些紅色的預言到底是不是我們其中一個人寫的不是嘛。」

當然，我也想親眼看見事情的始末。「要是有危險的話，我就會先回家的。」我加上一句，兩人只好勉強同意我一起去。

*

——結果當天《移交書》沒有增添任何新的內容。我下班之後，回到那家咖啡廳，點了一杯杏仁奶茶慢慢地喝著，度過了提早下班的一個小時。

佐藤是不管有多少工作沒完成，都絕對不加班的。他把一切都丟給下屬，自己一定準時走人。

我終於看見那個眼熟略胖的身影，從灰色老舊的辦公樓走出來。他縮著肩膀，穿越路邊的梧桐樹，在灑落夕陽餘暉的街上蹣跚前行。他一離開辦公室，看起來就非常渺小。

不知怎地，那個身影讓我覺得有些哀愁——以前從未有過的感覺，讓我略微困惑。

佐藤是個討厭的傢伙，但說到頭也就是這樣而已。工作上完全不行，極度不顧慮別人、鄙視別人踐踏別人，藉此自爽的傢伙。其實只是個非常自我中心的，只是個——普通的，「討厭」的傢伙而已。

如果不是上司跟下屬的關係，只是住在同一棟公寓的鄰居呢——一定只會覺得煩人，然後不予理會得了。

佐藤完全沒察覺到在咖啡廳玻璃後窺視的我，也不像發現田所先生跟村上小哥就跟在他後面不遠之處的樣子。

我等待佐藤經過咖啡廳前面，然後走出開了冷氣的室內，和他們倆會合。柏油路上冒起的熱氣像是要把氣管黏住一樣，我差點連氣都喘不過來。

啪噠啪噠。沐浴在夕陽餘暉的街上，駝背的男人往前走。我們默默地跟在他後面。太陽下山開始活躍的蟬嘰嘰地叫起來，巨大的聲音彷彿有形體一般，從天而降壓迫下來。嘰嘰。嘰嘰。嘰嘰。嘰嘰。

「——啊。」

我走過鎮守神社前，不由得叫了一聲。

紅色的夕陽，讓神社的鳥居色彩更顯鮮豔，和天空渲染的藍色對比起來真是好看。順著變成同樣色澤的步道往前走，拉長的影子慢慢地移動。一步一步，謹慎地保持距離。

突然我覺得好笑起來。

真是的，三個成年人……這是在幹什麼啊？幸好周圍沒有別人。沒有人質疑這個業餘集團為什麼鬼鬼祟祟地跟蹤一個人。

但是走過了神社，就是鋼筋墜落的工地現場，用白色的隔板牆圍住。正在搭建的好像是公寓大樓，安全通道很窄，距離又很長，沒有藏身之處。只要佐藤回個頭，就完蛋了。

可能是因為我緊張的緣故，隔板牆上每隔一段距離就貼著的戴著黃色安全帽低頭致歉的男性圖案，虛偽的模樣讓人前所未有地覺得毛骨悚然。

「我們要跟到哪裡呢？馬上就要到車站了。要一起搭電車嗎？」

「這個嘛……」

我們小聲交談的時候——嘟嘟嘟，我包包的口袋震動起來，嚇了我一跳。

我的手機收到了來電。竟然在這個時候！

「相、相馬小姐！把、把電源關掉啊！？」

村上小哥也嚇到了，低聲提出抗議。幸好手機是震動模式。佐藤沒有轉向這邊的樣子。而且看起來也不像會有人要襲擊他。

「對、對不起！好奇怪，我記得電源是關掉的啊……」

我手忙腳亂地拿出手機，按下紅色的通話保留鍵。啊，是未知來電──我看著畫面才發現。

但是我已經按下了通話保留鍵啊。

「……咦？」

啪。我輕輕碰觸畫面切換成通話模式，在暮色中液晶螢幕顯得很亮。手機嗚嗚地叫了一聲。

然後，響起了像是要蓋掉雜音的聲音。

「我想也是。」

我們三人同時停下了腳步。

……剛剛，那是什麼？

我瞪著手上的手機。

像是吸了氫氣一樣變質的聲音，簡直像是要把喇叭撕裂一樣。突然的同意。

「喂？喂？我是相馬……」

我遲疑地戰戰兢兢回覆，但對方毫不理會，逕自一直說下去。

「我想也是呢就是這樣呢一切都是他的錯呢。都是他的錯呢反正都是他的錯的不是我所以真困擾呢超級困擾呢。嗯大家都很困擾非得想點辦法解決才行呢。所以也是無可奈何的呢。嗯，就是這樣就是這樣。」

窸窸窣窣，窸窸窣窣。

嘻嘻嘻。嘿嘿嘿。哈哈哈哈哈哈哈。

話聲中還夾雜著輕笑。我一聲不發僵在當場。

女人？還是男人？一個人？還是不止一人？

似遠還近，似近卻遠，很難聽清楚，然而不可思議的是，我聽得懂那是在說什麼。

「相……相馬小姐？那通電話……？！」

「不是認識的人吧？」

後面的兩個人好像也聽到了，吞嚥了一下凝視著這裡。我用顫抖的聲音對著手機說：

「哎，您……您哪位……」

沒有回答。

等回過神來，佐藤的背影已經在前面隔板牆的轉角處，馬上就要看不見了。啊，糟糕，跟丟了。雖然這麼想著，卻無法邁開腳步。

嘟嘟嘟、嘟嘟嘟嘟。

滴滴滴滴。

田所先生和村上小哥的口袋裡也發出了來電的聲音。兩人表情僵硬，連碰也沒碰手機，但電話就接通了。

根本沒有按鍵接通。但就像把手機貼在耳朵上一樣，聲音震動了耳膜。

「我想也是呢就是這樣呢。真困擾。大家都非常困擾非常困擾困擾真的很煩人呢。」

「很困擾呢既然很困擾那不消除掉就不行的呢。我明白喔。我想也是呢。真煩人呢很困擾呢得想辦法才行呢。」

喃喃自語般唸唸叨叨，從三支手機裡傳出來，彷彿三重唱。我們就處身於喧囂中一般。

窸窸窣窣、喀啦喀啦喀啦。

「嗯會好好幹的，會好好幹的會把玻璃敲碎塞進嘴裡戳進眼睛裡拿針釘住舌頭抽出腦髓不幹掉他不行呢我想也是呢。刺死刺死刺死不幹掉不行的。」

「非挖出來不可喔。眼珠子，得讓鳥啄出來才行喔。」

「在肚臍眼插上燈芯這樣才容易燃燒喔。手指甲。手指甲得全部活活剝下來才行。當當，當當當然要這樣呢。」

「要幹幹幹幹掉不幹掉不行呢我想也是呢。會好好照做的啦所以大大大家都這麼想呢我想也是呢。所以才這樣呢。但是為什麼啊？在幹什麼啊？幹嘛啊？為什麼要干涉啊？」

然後，電話那端沉默了一陣子。

「為什麼，要干涉啊！！」

嘟。

隨著大叫的聲音，電話一起斷了。

咻。自己吸氣的聲音，好像在肋骨內側迴響一般。

滋——、滋——、滋——……

斷掉的電話另一頭，傳來沒有人在的電子雜音。噗通、噗通，心臟好像要破裂一樣猛跳，聲音在耳朵裡響個不停。

「剛……剛才那是什麼？」

果然，田所先生和村上小哥也聽到了。

並非我的幻聽。

我背脊竄過一道寒顫，寒毛直豎。分明空氣像蒸籠一樣滿身大汗，但感覺到的寒意簡直像是掉進隆冬的大海裡一樣。

「惡作劇電話吧……？」

「即便如此，說的內容也……」

我們三個不由得都陷入了沉默。就在這個瞬間——

「哇啊啊啊啊啊！」

前方傳來像是青蛙被踩扁一樣的大叫聲。我們同時抬起頭來。

——那是佐藤的哀號。

「相馬小姐妳留在這裡！」

我好像凍住了一樣動彈不得。田所先生首先跑過去，村上小哥緊追在後。

「……佐藤先生！」

過了幾秒鐘，我終於也搖搖晃晃地繞過轉角，找尋佐藤。然而，剛剛還走在我們前面的那個微胖的身影已經不見了。

轉過彎就是建築工地的出入口。難道是在裡面嗎？柵門上了鎖，隔板牆也很高，不可能翻爬進去的啊？

從柵門的粗欄杆之間窺探工地現場的狀況。堆積的建材、動也不動的重型機械、鷹架、移動廁所等散置其中，視野並不好。太陽已經下山，四下一片昏暗。我們三個貼著欄杆往裡面看，內側突然咚地一聲好像有人在敲打一樣，隔板牆晃動了一下。——很近，離不到五公尺。

我們不由得往前湊，想找到震源。然而佐藤……並不在。

不僅佐藤不在。周圍沒有任何人影。只聽到呼、呼的慌亂喘息聲。

呼哈呼哈呼哈。呼哈呼哈呼哈呼哈。

咚、咚咚、咚。

薄薄的隔板一直晃動，好像有人在敲打一樣，同一個地方漸漸朝這裡突出。接著突然有什麼東西倒下的聲音。碎石撞到圍牆上的聲音。

「嗚啊啊啊好痛、好痛啊、要，要死了、有人要殺我！」

果然……有人攻擊他！

我把臉貼在欄杆上，盯著佐藤應該在的地方。但是無論怎麼看，那裡都沒有人。建築工地特有的混雜著碎石和砂礫的地面，被路燈照得清楚明白。

然而，白色的隔板牆像是有什麼東西從內側撞擊一樣，咚、咚地漸漸突起來。

「——佐藤先生！聽得到嗎？！」

「喂，佐藤主任！佐藤！你在哪裡！！」

「請回答啊！一點也不好笑啊……！」

我們就在隔板牆外面呼喚，也試著敲打回應，但好像沒有人聽見。為什麼呢？不可能啊。只隔著一層薄薄的隔板而已。

「總、總之，先、先報警……！」

我用顫抖的手掏出手機。但是，不管怎麼按主頁按鈕，畫面都是黑的。分明並不是沒電了啊。

「對不起，有沒有人在啊！」

我想跟路過的行人求助，轉身大叫，然而暮色中的街道上，連一個小孩都見不到。

本來那麼嘈雜的蟬聲，也不知何時完全停止了——

「怎、怎麼回事……」

除了斷續的尖叫之外，沒有聲音的空間。沒有半個人的街道。

簡直像是我們所在的這個地方脫離了現實世界一樣，充滿了奇特的空氣。

「……檔案啊。」

田所先生咋舌，像是突然靈光一現般喃喃道。他轉身就往來路跑，把我嚇到了。

「等一下，田所先生！你要去哪裡？！」

「回公司去，把檔案刪掉！」

「咦？！」

一瞬間我以為他過度驚慌失去了理智，但看見他回過頭來的臉色，我改變了想法。

沒錯。雖然不能確定這跟《移交書》有沒有關係——但除此之外，確實想不出其他的原因。

＊

我捧著肚子，跟著田所先生的背影，在昏暗的路上盡快回到辦公室。「不要丟下我一個人啊！」村上小哥帶著哭腔哀求著追上來。我們三個聚集在田所先生的電腦前面。

打開電源，等待畫面亮起的時間感覺好久。系統啟動的過程從沒覺得像現在這樣繁瑣。

在昏暗安靜的辦公室裡，只有我們三個人的喘息聲。沒有其他的聲音。很奇妙的是，回公司的路上，辦公室外的走廊上，都沒有碰到半個人。

——嘟嘟嘟嘟嘟。

電腦終於啟動之後，桌上的電話響了起來。

突然的響聲讓我跳了起來，但田所先生立刻說：「不能接！」然後打開一層又一層的目錄。

最後出現的《移交書》還在原處，就像什麼事情都沒發生過一樣。就是一個表示為文件檔案的圖標。

把鼠標移到上面，選擇刪除。「真的要刪除嗎？」的對話框出現，毫不猶豫地點了「確認」。

嘟嘟嘟嘟嘟。

嘟嘟嘟嘟嘟。

工具列出現在畫面上，慢慢慢慢地開始刪除檔案。怎麼這麼慢？在此期間，電話一直響個不停。我們全都一言不發，只聚集在一起等待。彷彿像是要忽略責難般的鈴聲似地，只專心聽著不知是誰的呼吸聲。呼。呼。

刪除檔案的進度，終於來到了百分之九十八。

「啊，等一下……！」

聽到村上小哥喃喃自語，我呼出一口不知道自己一直屏住的氣息。

就在這個時候——

——咚。

伴隨著悶悶的聲音出現在眼前的光景，我應該這輩子都不會忘記吧。

工具列的後方。電腦螢幕的**深處**。

出現了紅色，紅色的手印。

像是要阻止我們一樣敲打著螢幕。

咚。咚。

啪噠、啪噠、啪噠、啪噠、啪噠。

簡直像是有人在外面敲窗戶一樣。無數紅色的小手，從電腦裡面朝這裡敲打。我的腦袋混亂到極點，完全無法理解發生了什麼事。連聲音都發不出來。

咚、咚。

在此同時辦公室其他所有的電腦也開始發出聲響，我們三個縮成一團。

不由得望向隔壁的電腦畫面。看見了。隔壁的隔壁也是。

所有的電腦分明沒有人動過，卻自動地開啟了電源。然後全部的螢幕裡面都有紅色的小手在敲打。

還沒刪除完畢的《移交書》突然打開了，咔喳咔喳地，自動出現了紅色的文字。

「為什麼為什麼為什麼為什麼為什麼為什麼為什麼為什麼為什麼為什麼」

嘟嘟嘟。嘟嘟嘟。咚、咚、咚。

電話還在響。電腦畫面中，無數的手也在責怪我們。

一直重複的單純疑問，最後終於有了變化。

「煩死了煩死了煩死了煩死了煩死了煩死了煩死了煩死了」

我的心臟已經不是小鹿亂撞了。簡直像是在胸膛裡滾動一般，壓迫著肋骨。
喘不過氣來。身體不聽使喚動彈不得。我捧住肚子。
救救我。不是這樣的。
救救我。我不是這個意思。
我有這個孩子。對不起。求求你。請原諒我。

——快點，消失吧！

在過了彷彿永恆之久以後。
終於、叮的一聲輕響，跳出了處理完畢的視窗。那簡直就像是垂落到地獄的一條救命蜘蛛絲。我鬆了一口氣。
「結、結束了……？」
不知是誰開口喃喃道。從剛才就一直響個不停的電話，也突然停止了。然後，耳邊響起輕聲細語。

「……就差一點點了的說。」

「？！」

那是從電話裡傳來的嗎？

我轉過身，四下張望；昏暗的辦公室裡除了我們三個人之外，並沒有別人的蹤影。

我看著窗戶。沒有人。

當然沒人。這裡是四樓啊。

只不過，不知何時開始又聽得到的蟬聲大合唱，嘰嘰嘰嘰地透過窗戶傳來，吵得要命。

＊

「到底是怎麼回事啊，那個？」

次日。

我們在慣常的咖啡廳舉行慣常的午餐會議，討論昨天晚上發生的事情。結果在那之後，我們飛快離開辦公室，趕回建築工地現場，並沒有看見佐藤，也沒聽到任何尖叫聲。

無計可施之下，雖然遲疑還是打了佐藤的私人手機——他正常地接了電話，但是脾氣非常地壞。對著要確認他安危的田所先生大吼道：「煩死了！我這裡情況糟糕得要命！沒有什麼急事不要隨便打給我！」叫完他就掛斷了。被吼了一頓的田所先生縮了一下，我們三個人面面相覷。「我們也回家吧……」就這樣自然而然地解散了。

之後我也一直用手機察看新聞網站和節目，並沒有哪個工地現場附近出現隨機襲擊路人事件的消息。

那天我連家事都沒做，一直到深夜丈夫回來，我還在看新聞。只能疲憊地跟他道歉：「對不起，我沒有做晚飯。」他跟我說：「沒關係啊，這樣正好，等到孩子出生就很難出去吃飯啦！」於是我們兩個人就半夜出門吃烤肉了。這種充滿罪惡感的誘惑，平常我一定會拒絕的，但現在卻充滿了吸引力。

我望著在烤網上從粉紅色變成茶色的肉，聞著香噴噴的肉味，聽到似乎很美味的滋滋聲，不知怎地覺得心中充滿了這種日常生活的現實感，不由得哭泣起來。

丈夫吃了一驚，問我怎麼了。我說：「你脫了襪子好歹放進洗衣籃裡啊。」「吃完飯也把碗洗一洗，不說你就不會做嗎？」我把日常的不滿一口氣都說了出來。「對不起，以後我一定會注意的。妳還有什麼其他不開心的地方，或者是希望我做什麼妳儘管說，我都會聽的。」他很不好意思地跟我道歉。我也反省了一下，自己總是覺得他一定很忙，跟他講也沒用……所以在提出要求之前就自己放棄了。我們兩個要反省的地方都不少呢。互相聳肩微笑，一起吃的烤肉，實在太好吃了。

這就是昨天發生在我身上的事情。然而田所先生和村上小哥，似乎並沒有什麼改變。

一頭霧水莫名其妙，說的就是這種情況吧。

——只不過，昨天接了電話的佐藤，並不是毫髮無傷。

今天早上他一直沒來上班，沒辦法之下，正跟同事商量「要不還是再打一次電話看看吧……」的時候，不知怎地總務課來聯絡了。

原來他昨天晚上好像出了一點事。

——「回家的路上經過建築工地，突然被人抓住手腕，拉到柵門裡面。然後就被人攻擊了，他到處逃跑躲避。」

這是他自己說的——但聽到淒厲的叫喊趕去察看的路人說，他自己在沒人的工地裡一面叫一面跑。這場面實在太不尋常，所以路人沒有叫救護車，而是報了警。

太奇怪了。柵門分明是上了鎖的啊。不只如此——佐藤好像很用力地抓著隔板牆，兩手的指甲幾乎都剝落了。

「把指甲一片一片活活剝下來。」

聽到這個，腦子裡第一個浮現的就是《移交書》裡寫的假想酷刑。但我阻止自己進一步細想下去。

因此，他今天當然就請假不來上班了。託他的福，這一天過得非常平順。

「到底是怎麼回事啊……佐藤受傷當然很可憐，但他非但沒有遭到攻擊，反而是自己一個人抓狂，還被警察教訓了一頓。真是白替他擔心了。」

「既然沒有別人在場，所以也不是遭到殺人魔攻擊……那個，不會是作夢吧？」

「我們大家都記得，不可能是作夢吧。而且《移交書》也真的刪除了啊。」

我一面戳著又甜又鹹的薑燒豬肉，一面跟田所先生和村上小哥討論。

結果那到底是怎麼回事？一連串的事件跟那個檔案到底有什麼關係呢？完全不得而知。

現況是佐藤雖然不是毫髮無傷，但畢竟還活得好好的，也沒成為立案的事故，一切就像沒發生一樣，成為平凡日常的一部分。

早知如此，根本就不用管他了。

我忍住幾乎要衝口而出的惡言。那樣是不行的。不管對方多麼討厭，畢竟他受了傷，話說回來，我自己也詛咒過他受傷的。

於是我反省了。

從今往後，佐藤還是會繼續造成大家的困擾。

或許會有覺得「那個時候，要是視而不見就好了」的那一天到來也未可知。

但是關於昨天發生的事，至少我們的行動是沒有問題的……應該是吧。眼前有遭遇生命危險的人，果然還是無法見死不救。

而且——

「不知怎地還是沒辦法讓人釋懷啊。」

「……現實生活就是這樣吧。」

「村上人柱，你真看得開呢。」

「就說了不要叫我人柱啊。反正，我馬上就不是人柱了……啊，對了。」

村上小哥突然坐正了身子，說他有話要跟二位報告。

「雖然有點突然，但我打算離開這家公司了。」

「啊！」

我吃了一驚，說不出話來。他搔了搔腦袋。

「話雖這麼說，但不是因為昨天發生了那件事才突然決定的……之前我就開始考慮了，也多少有在另外找工作。現在算是，下定決心了吧。」

我是覺得這樣實在不太健康啦，他喃喃道：

「佐藤他當然有錯……但不如說不得不養著佐藤這樣的員工，這種公司的體制，本來就太扭曲了。」

確實，把懷孕的我當成燙手山芋，踢到佐藤這裡；因為無法拔除佐藤這個毒瘤，歷代員工只好藉以洩憤的《移交書》檔案竟然如此龐大，可見這家公司實在是病入膏肓了。

「這家公司扭曲的地方要是不改變，結果什麼也解決不了。但要是想，那我們就帶著熱愛公司的精神，正面解決這些問題吧！……還是行不通的。」

因為對公司來說，我們這樣的人才是異類。

堅強面對逆境留在崗位上努力，這本身並沒有毛病。但是，要是不口吐惡言詛咒別人就不能維持精神安定的話，那還是逃離比較好。當然啦，這是一家大公司，福利也很好，要說不可惜那是騙人的。

「這樣啊。原來如此……還真被你搶先了。」

村上小哥的話讓田所先生嘆了一口氣。

「搶先？」

「嗯，我也打算辭職了。理由嘛……剛才人柱已經全部說過啦。」田所先生笑著說。

「啊——那個……」我也尷尬地笑起來。

「那我也算被搶先了吧……」

「咦？」

我不敢正視大家。田所先生和村上小哥同時發出驚訝的聲音。

「我是打算看時機辭職，暫時專心當家庭主婦撫養孩子……」

其實昨天晚上吃烤肉的時候，我也把胸中積鬱已久的心事跟丈夫吐露，說了我打算辭職。他對於我打算不等產假就先辭職並沒有意見，反而同意我說：「當然好啊。」

我知道一旦回家帶孩子當家庭主婦之後，要重回職場就很困難了。那會是一場漫長的戰役吧。我不知道這樣的選擇是否正確。也無法保證下一份工作會比這份更好。

「但是，不管去哪裡，都還是會碰到各種問題的。既然如此，那我還是想選擇能讓自己接受的工作方式……」

不管有怎樣的困難，都比把孕婦調到冷宮的黑心企業要好。這是我的真心感受。不只職權騷擾、性騷擾和妊娠歧視，還經歷了那麼嚇人的事情，我已經什麼都不畏懼了。所以我現在不僅不覺得不安，反而充滿了鬥志：下次一定要去不歧視孕婦和已婚婦女的良心企業上班！

「拋開了一切顧慮，反而感覺很好啊。……我因為懷孕，給您們二位添了不少麻煩，真的非常抱歉。但也不用再撐多久了。」
我隨著已經說慣了的道歉詞句低下頭，田所先生和村上小哥不知怎地，露出困惑的樣子面面相覷。
「那個，相馬小姐啊。我們完全沒有覺得妳給我們添了什麼麻煩啊。」
「咦？」
田所先生的話讓我抬起了頭。
「我也是，腦子裡都是豬公那些亂七八糟的事情，都沒有好好跟相馬小姐說過話。新的生命要出生了，真是了不起的大事……我要正式恭喜妳。」
我默默屏住了氣息，村上小哥也對我點頭微笑。
「我、我也是這麼想的！妳的身體已經不是一個人了，應該不能再做那些重勞動了吧。但是還是每天來上班，真是太厲害了。」
——他們倆有點不好意思，但誠摯的祝福和關懷，讓我不禁眼眶發熱，極力忍著不流下淚來。
不管做什麼，我總是盡自己的全力。這點我還是應該有自信的。進入這家公司之後，不管工作還是環境都有不盡理想之處，也承受過各種冷言冷語。但是，也有很多時候很充實開心；也有像現在這樣，給我純粹溫暖的人。

我什麼也沒有浪費。因為現在的我就這樣累積著時間和關係生活過來，從此以後也會這樣生活下去。

離開始休產假，還有大約三個月的時間。

在那之前，我們可能都會一一離開吧。離開那個豬圈。

我苦笑了一下，撫摸著已經隆起的腹部。然後肚子裡的孩子好像回應我一般，踢了我一下。我睜大了眼睛。

「啊，會動了。」

「咦？真的嗎？！」

「這得快點回家告訴妳先生啊。我們竟然先知道，真是有點不好意思呢。」

就這樣，我們都久違地真心地笑了起來。

＊

「真是災難啊，竟然淪落到來這種部門上班，真是的。」

——聽到同事小聲咕噥，我眨了眨眼睛。簡直像是有讀心術一樣。然後我再度認識到自己目前置身於一個不情不願的環境中的現狀。

啊，沒錯。真是的，倒楣也該有個限度啊。

我在之前的部門犯了大錯，前幾天剛剛被調到這裡來。因為之前的工作人員突然之間連續辭職，所以雖然不是職位調動的季節，還是得派人來這裡。

然後這裡根據傳聞是暗黑部門，調到這裡的人毫無例外，下場都不好。這裡的工作不過就是編輯社內雜誌，輕鬆得很，為什麼會有這種傳聞，來上班幾天我很快就明白了。在離我們並排的辦公桌稍微遠一點的地方，就是佐藤主任的位子。我揉著皺在一起的眉心。現在那裡沒有人在，但只要想到那傢伙遲早要回來，心情就非常沉重。為什麼公司要一直養著那種一無是處的豬頭啊？就算讓屠夫大卸八塊做成火腿，也已經太老了。我們公司到底是怎麼回事啊？

「我開始明白前輩們為什麼一口氣都辭職了……佐藤這種豬頭為什麼還能堅持一直在這裡不走啊……」

我不由得這麼說了，在我隔壁，跟我一起被調來這裡的年輕女同事說：「剛好現在佐藤不在……」她臉上露出惡作劇般的表情。

「剛才我已經把地址用郵件發出去了。我找到了一個有趣的檔案喔。」

「有趣的檔案？」

「好像是以前這裡所有的前輩們留下的負面遺產？記錄了佐藤在此之前的所作所為，真的可以看出大家有多討厭他。」

檔案反正沒有加密，既然找到了這份檔案，那就繼承下來使用吧。在同事這有點不可思議的誘人提議下，我啟動了郵件軟體，試著打開那份共有檔案。

咔噠咔噠，鼠標的聲音響了幾次之後，出現的檔案名稱讓我略微困惑。

「這是什麼啊？……《移交書》？」

完

春日文庫
103

今天天氣不錯，我打算把上司幹掉

今日は天気がいいので上司を撲殺しようと思います

今天天氣不錯，我打算把上司幹掉 / 夕鷺 叶作 ; 丁世佳 譯.
-- 初版. -- 臺北市 : 春天出版國際文化有限公司, 2022.03
面 ; 公分. -- (春日文庫 ; 103)
譯自 : 今日は天気がいいので上司を撲殺しようと思います
ISBN 978-957-741-514-1(平裝)

861.57

版權所有・翻印必究
本書如有缺頁破損，敬請寄回更換，謝謝。

ISBN 978-957-741-514-1
Printed in Taiwan

KYOU WA TENKI GA IINODE JOUSHI WO BOKUSATSU SHIYOUTO OMOIMASU
by Kanoh Yusagi
Copyright © 2019 by Kanoh Yusagi
All rights reserved.
First published in Japan in 2019 by SHUEISHA Inc., Tokyo.

This Traditional Chinese edition published by arrangement with Shueisha Inc., Tokyo in care of Tuttle-Mori Agency, Inc., Tokyo through Future View Technology Ltd., Taipei.

作　　者　夕鷺叶
插　　畫　玄野黑
譯　　者　丁世佳
總 編 輯　莊宜勳
主　　編　鍾靈

出 版 者　春天出版國際文化有限公司
地　　址　台北市大安區忠孝東路4段303號4樓之1
電　　話　02-7733-4070
傳　　眞　02-7733-4069
E－mail　bookspring@bookspring.com.tw
網　　址　http://www.bookspring.com.tw
部 落 格　http://blog.pixnet.net/bookspring
郵政帳號　19705538
戶　　名　春天出版國際文化有限公司
法律顧問　蕭顯忠律師事務所
出版日期　二〇二二年三月初版
　　　　　二〇二三年五月初版八刷

定　　價　320元

總 經 銷　楨德圖書事業有限公司
地　　址　新北市新店區中興路二段196號8樓
電　　話　02-8919-3186
傳　　眞　02-8914-5524
香港總代理　一代匯集
地　　址　九龍旺角塘尾道64號 龍駒企業大廈10 B&D室
電　　話　852-2783-8102
傳　　眞　852-2396-0050